QUI A TUÉ SIR CHARLES?

DANS LA MÊME COLLECTION :

- ☐ Nº 1 — HIGGINS MÈNE L'ENQUÊTE
- ☐ Nº 2 — MEURTRE AU BRITISH MUSEUM
- ☐ Nº 3 — LE SECRET DES MAC GORDON
- ☐ Nº 4 — CRIME À LINDENBOURNE
- ☐ Nº 5 — L'ASSASSIN DE LA TOUR DE LONDRES
- ☐ Nº 6 — LES TROIS CRIMES DE NOËL
- ☐ Nº 7 — MEURTRE À CAMBRIDGE
- ☐ Nº 8 — MEURTRE CHEZ LES DRUIDES
- ☐ Nº 9 — MEURTRE À QUATRE MAINS
- ☐ Nº 10 — LE MYSTÈRE DE KENSINGTON
- ☐ Nº 11 — QUI A TUÉ SIR CHARLES ?
- ☐ Nº 12 — MEURTRES AU TOUQUET
- ☐ Nº 13 — LE RETOUR DE JACK L'ÉVENTREUR
- ☐ Nº 14 — MEURTRE CHEZ UN ÉDITEUR
- ☐ Nº 15 — MEURTRE DANS LE VIEUX NICE
- ☐ Nº 16 — QUATRE FEMMES POUR UN MEURTRE
- ☐ Nº 17 — LE SECRET DE LA CHAMBRE NOIRE
- ☐ Nº 18 — MEURTRE SUR INVITATION
- ☐ Nº 19 — NOCES MORTELLES À AIX-EN-PROVENCE
- ☐ Nº 20 — LES DISPARUS DU LOCH NESS
- ☐ Nº 21 — L'ASSASSINAT DU ROI ARTHUR
- ☐ Nº 22 — L'HORLOGER DE BUCKINGHAM
- ☐ Nº 23 — QUI A TUÉ L'ASTROLOGUE
- ☐ Nº 24 — LA JEUNE FILLE ET LA MORT
- ☐ Nº 25 — LA MALÉDICTION DU TEMPLIER
- ☐ Nº 26 — CRIME PRINTANIER
- ☐ Nº 27 — TIMBRE MORTEL
- ☐ Nº 28 — CRIME AU FESTIVAL DE CANNES
- ☐ Nº 29 — BALLE MORTELLE À WIMBLEDON
- ☐ Nº 30 — HIGGINS CONTRE SCOTLAND YARD
- ☐ Nº 31 — MEURTRE DANS LA CITY
- ☐ Nº 32 — UN PARFAIT TÉMOIN
- ☐ Nº 33 — MEURTRE SUR CANAPÉ
- ☐ Nº 34 — LE CRIME D'IVANHOÉ
- ☐ Nº 35 — L'ASSASSIN DU GOLF

Bon de commande par correspondance
en fin de volume

J. B. LIVINGSTONE

QUI A TUÉ SIR CHARLES?

EDITIONS GERARD DE VILLIERS

ISBN : 2 - 7386 - 0167 - 7

CHAPITRE PREMIER

Le portier des appartements « Fields », à Londres, lisait avec passion une grande page du *Sun* consacrée à une abominable affaire criminelle, assortie d'un scandale et d'une violation intolérable des bonnes mœurs. A croire que les journalistes avaient inventé la moitié de cette histoire.

En ce début d'automne, il pleuvait abondamment. La veille, il y avait eu deux heures et douze minutes de soleil. Mais comme le dit si justement le proverbe britannique : « Quand le soleil brille, il ne va pas tarder à pleuvoir. »

Le portier des « Fields » veillait sur ces appartements depuis plus de dix ans. L'endroit avait été presque luxueux, lors de sa construction. Mais le temps avait fait son œuvre et les propriétaires se montraient plutôt avares de réparations. L'entretien était réduit au minimum. On s'offrait le luxe d'un portier. C'était un privilège pour les locataires qui pouvaient ainsi se sentir en sécurité.

Les appartements « Fields » présentaient un avantage certain : la tranquillité. L'immeuble qui les abritait était situé derrière un petit square interdit aux voitures. Pas de bruit, un peu de verdure, un règlement intérieur imposant un comportement civique aux locataires... que demander de mieux?

Le portier tenait à la réputation des appartements qu'il était chargé de surveiller. Il dormait peut-être plus que son compte, mais seulement d'un œil. Pas de week-ends, pas de vacances... Il occupait son poste jour et nuit, observant les allées et venues, donnant les renseignements nécessaires à qui les lui demandait. Les occupants des « Fields » étaient des gens modestes, sans histoires. Un assez grand nombre de personnes âgées et de veuves. Jamais de conflits, pas un mot plus haut que l'autre. Un vrai bonheur pour un portier consciencieux.

On frappa à sa porte.

Le portier posa le *Sun* sur un buffet d'inspiration victorienne, se leva avec peine et regarda par l'œil.

Une femme, portant voilette, tambourinait.

Le portier entrouvrit.

– Vous désirez, madame?

La femme parut effrayée. Nerveuse, elle recula d'un pas.

Un parfum capiteux, à base de muguet, agressa les narines du portier.

– J'aimerais... Je voudrais... Pourriez-vous me rendre un service, monsieur?

Elle se moucha. La voix était enrhumée.

– Bien entendu. De quoi s'agit-il?

Le portier détailla la femme. Un tailleur marron, des escarpins et cette voilette à l'ancienne, qui masquait le visage de la visiteuse. De l'élégance et de la classe, malgré une certaine raideur.

– Pourriez-vous remettre ce paquet à Sir Charles Williams, appartement 110, en mains propres?

– Mais...

La femme n'attendit pas la réponse. Elle mit un petit paquet blanc dans la main droite du portier et tourna les talons.

– Madame, attendez, madame! Attendez...

L'inconnue à la voilette était déjà loin.

Le portier considéra le petit paquet. Il ne pesait pas lourd.

– Sir Charles Williams, appartement 110, marmonna-t-il... Sir Charles Williams! C'est impossible... Ça n'a pas de sens.

Le portier quitta sa loge, traversa une courette et s'engouffra dans l'escalier menant à l'appartement 110. Sir Charles Williams... Qui ne le connaissait, en Angleterre et dans le monde entier? Le portier n'était jamais entré dans un théâtre, mais il savait que Sir Charles Williams était le plus grand acteur shakespearien du siècle. Un Othello déchirant, un fabuleux Roi Lear, un Hamlet poignant... le comédien avait accumulé les triomphes au cours d'une longue et prodigieuse carrière. Comblé d'honneurs, couvert de décorations, honoré par les autorités culturelles de dizaines de pays où il avait interprété Shakespeare, Sir Charles était l'un de ces hommes d'exception qui faisaient la gloire de l'Angleterre éternelle.

L'appartement 110 était loué depuis plus d'un an. En fouillant dans sa mémoire, le portier se souvint qu'il n'avait vu qu'une seule fois le visage du locataire. « Vu » n'était d'ailleurs pas le terme exact. L'homme avait le visage dissimulé par un cache-nez et toussait d'abondance. Il s'était présenté sous le nom de M. Charles.

Qui aurait pu le reconnaître?

Le portier se sentait soudain empli d'une fierté qu'il n'avait plus connue depuis le jour de son adolescence où il avait remporté le championnat de cricket du Northumberland. Abriter dans les appartements « Fields » un personnage de cette importance!

Le portier frappa délicatement à la porte de l'acteur. Il allait lui faire une belle surprise. En échange du paquet, il exigerait un autographe.

N'obtenant pas de réponse, le portier insista. S'enhardissant, il frappa plus fort, déclenchant l'ouverture de la porte. Gêné, il appela d'une voix tremblante.

– Sir Charles... c'est moi... Excusez-moi de vous importuner, j'ai un paquet pour vous...

Quelques portes fermaient mal. Ce type d'incident s'était déjà produit. D'ordinaire, le portier s'éclipsait discrètement. Mais cette fois, la tentation était trop forte. Découvrir l'intérieur d'un homme célèbre, essayer de comprendre pourquoi il était venu se cacher ici... S'il revenait à l'improviste, le portier lui expliquerait qu'il se préparait à sortir après avoir déposé le paquet.

L'appartement n'était pas grand : deux pièces – une salle à manger et une chambre –, un cabinet de toilette, une minuscule cuisine. Les deux fenêtres, donnant sur le square, étaient fermées, de même que les volets. Un lustre éclairait le salon. Sir Charles avait oublié de l'éteindre.

Sur la table, couverte d'une nappe blanche en dentelle, un chandelier avec trois bougies. Deux assiettes, deux petites cuillères en vermeil. Devant le chandelier, un pudding aux cerises nappé de crème fraîche et une bouteille de champagne français.

Le portier sourit. Sir Charles avait prévu un

souper fin dans ce décor plutôt austère : parquet médiocrement ciré, murs couverts d'un papier peint défraîchi, mobilier impersonnel.

L'angoisse serra brusquement la gorge du portier. Il eut le sentiment d'une présence. Et si...

– Sir Charles? Etes-vous ici?

Le portier fit un pas de plus.

La porte de la chambre était entrouverte. Il aperçut la moquette blanche. Un détail le frappa. Il y avait une tache rouge.

Intrigué, il continua d'avancer. Quand il posa le pied sur la moquette, il constata que cette dernière était trempée.

– Sir Charles...

Le grand acteur était étendu sur le ventre. Son sang s'était répandu sur la moquette et avait taché les draps du lit.

Le portier tourna de l'œil.

CHAPITRE II

L'ex-inspecteur-chef Higgins observa pendant de longues minutes le désolant spectacle. Ce qu'il redoutait depuis quelque temps venait de se produire, en dépit des multiples précautions qu'il avait prises.

Un petit monticule de terre bien noire défigurait sa pelouse, prouvant la présence d'une taupe.

Et une taupe ne venait jamais seule.

Higgins ne connaissait que trop la gravité du problème. D'un côté, impossible d'assassiner une taupe qui avait droit à la vie comme n'importe quelle créature pensante. De l'autre, hors de question de la laisser détruire une pelouse qui rendait envieux tous les habitants de The Slaughterers, le petit village du Gloucestershire où se dressait ce que Higgins nommait modestement son cottage et que d'aucuns considéraient à juste titre comme un manoir d'une parfaite élégance. Chaleur de la pierre, charme des ardoises anciennes, tendresse du paysage verdoyant, murmure de la rivière toute proche qu'enjambait un pont de bois, face au portail d'accès.

S'il n'y avait pas eu Mary, sa gouvernante,

l'endroit aurait été un véritable paradis. Cette robuste personne d'au moins soixante-dix ans, qui croyait en Dieu et en l'Angleterre, ignorait jusqu'à la notion même de maladie. Pendant que Higgins luttait vaillamment contre l'arthrite, elle le traitait de malade imaginaire et lui faisait subir mille persécutions qu'un saint n'aurait pas endurées.

Par chance, l'ex-inspecteur-chef avait un ami fidèle : Trafalgar, un siamois gourmand aux magnifiques yeux bleus. Ensemble, ils passaient de longues soirées silencieuses devant un feu de bois. Higgins dégustait un verre de Royal Salute, Trafalgar un bol de lait tiède. Ils n'avaient pas besoin de se parler pour se comprendre.

Higgins avait quitté prématurément Scotland Yard pour jouir d'une retraite heureuse sur ses terres, relire les bons auteurs, faire de longues promenades et entretenir sa pelouse.

Cette pelouse qui, aujourd'hui, était en danger de mort. Higgins avait consulté nombre de manuels de jardinage anciens et modernes. Tous étaient d'accord sur un point : la taupe est invincible. A moins de descendre dans une galerie, de la repérer et de la sommer vertement d'aller creuser ailleurs, il n'y avait que la prière ou la magie pour se débarrasser de cette engeance.

Plongé dans sa douloureuse méditation, Higgins n'entendit pas le son aigrelet de la cloche du portail qui annonçait un visiteur. L'ex-inspecteur-chef lissa sa moustache poivre et sel et mâcha un brin de gazon, espérant qu'une inspiration subite lui fournirait une solution.

Mary, sanglée dans un grand tablier blanc immaculé, interpella Higgins depuis la fenêtre de sa cuisine, domaine réservé où l'ex-inspecteur-chef n'avait pas le droit de pénétrer.

– Etes-vous devenu sourd? On sonne au portail. Ce n'est pas à moi de m'en occuper.

– J'y vais, j'y vais...

L'ex-inspecteur-chef n'aimait pas les visites. Dialoguer avec les arbres lui suffisait amplement. Pendant de nombreuses années, la compagnie des humains ne l'avait pas rendu particulièrement optimiste à leur égard. Malgré l'éblouissante carrière qui lui était promise, Higgins avait préféré quitter le Yard pour cette solitude peuplée de chants d'oiseaux et de bruissements du vent. Mais le Yard n'avait pas quitté Higgins. Il tentait souvent de le solliciter pour mener des enquêtes délicates où une absolue discrétion était de rigueur. D'ordinaire, c'était le superintendant Scott Marlow qui venait importuner son collègue.

Jamais encore il ne s'était présenté de manière aussi grossière. L'ex-inspecteur-chef ne lui cacherait pas sa façon de penser.

Devant le portail se tenait une ravissante créature âgée d'une vingtaine d'années, vêtue d'une robe rose très décolletée, serrée à la taille par une ceinture de velours noir. De longs cheveux blonds se répandaient négligemment sur les épaules. Au poignet droit, cinq bracelets de nacre. Les lèvres étaient maquillées de rose, les yeux verts soulignés de noir.

Un regard vif animait le visage exquis de la jeune fille qui s'exprima avec passion.

– Mon nom est Dorabella Fenwick. Je désire rencontrer l'inspecteur Higgins de toute urgence. On m'a dit qu'il habitait dans ce trou perdu. On m'a signalé une sorte de manoir... Alors, j'essaye ici. Mais vous... Vous avez une moustache poivre et sel, vous êtes de taille moyenne et vous avez un

H gravé sur votre chemise! Ne seriez-vous pas l'inspecteur Higgins en personne?

– Belle qualité d'analyse, mademoiselle. Vous possédez un sens réel de l'observation.

– Comme je suis heureuse! Laissez-moi entrer. J'ai tant besoin de vous parler!

– C'est que... Je ne suis pas habillé.

Higgins, en costume de jardinier – chemise bleue en coton gravée à l'initiale d'une famille dont le nom remontait au Moyen Age et pantalon de serge gris – n'était guère présentable.

– Ça m'est égal. Je vous en supplie... C'est très important.

Le monde allait en se dégradant. Comment, autrefois, imaginer qu'un inspecteur de Scotland Yard se fût adressé à une jeune fille sans lui avoir été présenté? Comment supposer qu'une personne de cet âge fût assez audacieuse pour tenter une telle démarche?

Higgins livra une ultime bataille.

– Je suis à la retraite, mademoiselle. Je ne vous serai d'aucune utilité. Un ex-inspecteur-chef, vieux par surcroît, ne peut...

Un tendre sourire s'inscrivit sur les lèvres roses de Dorabella Fenwick.

– Ne vous calomniez pas vous-même, inspecteur. Vous n'êtes pas si vieux que cela. Même en jardinier, vous êtes très séduisant.

Ne sachant plus comment se tirer de ce guêpier, Higgins décida d'agir comme si cette jeune personne faisait partie de ses relations. Lui aurait-il ouvert le portail de sa demeure si elle avait été moins jolie? « Le vent emporta la réponse », comme l'écrivait si finement la grande poétesse Harriett J. B. Harrenlittlewoodrof, futur prix Nobel, « et la réponse du vent dans le vent ».

– La maison n'est pas très bien rangée, mademoiselle...

– Aucune importance, inspecteur! Chez moi, à Londres, c'est un véritable capharnaüm! On ne peut pas avoir le temps de vivre et de ranger.

Higgins ne partageait pas cette opinion. Pour lui, l'ordre et la méthode étaient les deux piliers sur lesquels se bâtissaient une existence et une enquête.

Il introduisit sa visiteuse dans un petit salon du rez-de-chaussée, rempli de quelques souvenirs d'Orient : un canapé « retour des Indes », un paravent japonais du XVIIIe siècle, un buffet laqué de Cathay sur lequel trônait un Bouddha souriant, un fauteuil en bois d'ébène aux accoudoirs taillés en forme de caractères chinois.

– Tout ça est adorable, estima Dorabella Fenwick. Je déteste la campagne, mais je dois reconnaître que vous avez bien arrangé votre petit home.

– Asseyez-vous, je vous en prie. Puis-je vous offrir du thé?

– C'est-à-dire... J'ai eu beaucoup d'émotions. Si vous aviez quelque chose de plus fort...

Higgins demeura de marbre. Il était sans doute le seul Anglais à détester le thé. Personne, jusqu'alors, ne s'était aperçu de cette infirmité. Dorabella Fenwick lui facilitait la tâche.

– J'ai ici un excellent porto. Cela vous convient-il?

– J'adore! Je veux bien un grand verre.

« La jeunesse a le privilège de la spontanéité », pensa Higgins qui appréciait les longues jambes et les chevilles très fines de son exubérante visiteuse.

L'ex-inspecteur-chef versa avec délectation le liquide ambré aux teintes chaudes.

Dorabella vida presque son verre cul-sec.

– C'est un crime, inspecteur, j'en suis certaine.

Elle regardait l'homme du Yard dans les yeux, heureuse d'avoir pu confier la vérité qui l'oppressait. Higgins lui redonna un peu de porto avant de se servir lui-même et de prendre place sur le fauteuil chinois.

– Je suis venue vous voir, continua-t-elle d'une voix saccadée, parce que vous êtes le meilleur. L'un de mes cousins a travaillé au Yard. Là-bas, on dit encore que vous êtes le plus fameux nez de la police. Les affaires pourries et les coups tordus, c'était toujours pour vous. Il paraît que l'on peut encore vous convaincre si l'on agit en grand secret et si l'on obtient votre sympathie. Alors voilà... J'ai agi en grand secret et je veux obtenir votre sympathie.

Le regard pétillait, mélange de ferveur et d'inquiétude.

Certes, la jeune femme possédait beaucoup plus d'atouts que le superintendant Marlow pour formuler une demande de ce genre. Mais Higgins n'avait pas la moindre intention de quitter son domaine pour se lancer dans une nouvelle enquête. Néanmoins, sa curiosité était éveillée.

– Si nous commencions par le début, mademoiselle Fenwick? Vous parliez de crime... Qui donc a été assassiné, d'après vous?

– Sir Charles Williams, répondit-elle sans hésiter.

– Le grand acteur shakespearien?

– Lui-même.

– J'ai lu un long article dans le *Times*, consacré

à son décès, en effet. Mais l'enquête a conclu à un accident. Il a eu un malaise, il est tombé, son front a heurté l'angle d'un meuble et il s'est assommé. Rien de plus, si ma mémoire est bonne. Le reste du texte était consacré à sa fabuleuse carrière.

– On a étouffé l'affaire. C'est un crime, affirma de nouveau Dorabella Fenwick.

– Avez-vous des preuves, mademoiselle?

– Non. Mais j'ai des indices sérieux. Ils vous convaincront.

– Voyons ça.

La jeune femme vida son verre de porto. Elle se concentra longuement, impressionnée par le regard perçant de Higgins. Elle eut conscience que le moment de vérité arrivait. Cet ex-inspecteur-chef à l'allure bonhomme, au bon visage de père tranquille, à la voix rassurante, devait être un redoutable enquêteur.

Un instant, Dorabella Fenwick regretta sa démarche.

Mais il était trop tard pour revenir en arrière. A présent, il lui fallait se montrer convaincante. Et elle n'aurait pas de seconde chance.

– Vous savez que Sir Charles Williams possédait une immense fortune...

– Le *Times* ne donne pas de chiffre, mais il laisse supposer que Sir Charles était un des hommes les plus riches d'Angleterre.

– Comment expliquez-vous qu'il ait loué un appartement modeste à Londres alors qu'il possède l'une des plus belles propriétés du pays? Que venait-il faire à cet endroit?

– Le *Times* indique qu'il est mort dans une chambre d'hôtel.

– Inexact, inspecteur. Faites une brève recherche, et vous vous apercevrez que la vérité a été déguisée. Je ne veux pas vous influencer.

Higgins devenait songeur. Si l'on ne pouvait plus faire confiance au *Times*, que deviendrait l'Angleterre? A moins que l'affaire Williams n'entrât dans le domaine de la raison d'Etat, où l'hypocrisie et la lâcheté régnaient en maîtresses presque absolues. En ce cas, les faits auraient été maquillés pour ne pas souiller le blason du Royaume-Uni. Il y avait une autre hypothèse : les carences d'une enquête trop rapidement menée sur un personnage trop célèbre... C'était sans doute la bonne. Higgins connaissait bien l'envers du décor. Dans la police comme dans les autres métiers, il y avait de moins en moins de personnes conscienciseuses et méthodiques.

– Admettons, mademoiselle Fenwick. Le fait est étrange, je vous le concède.

– Est-ce que vous vérifierez? s'inquiéta-t-elle.

– Quels sont vos autres indices?

– Je voudrais encore un peu de porto. Il est excellent.

– Vous avez assez bu, jugea Higgins. J'attends vos indices.

– Comme vous voudrez...

La sémillante jeune femme parut soudain abattue, sans forces. Le poids qui pesait sur elle semblait trop lourd. Higgins, en bon confesseur, ne brisa pas le silence qui s'était instauré. Il laissa la jeune femme reprendre son souffle et calmer ses esprits.

– J'aimais beaucoup Sir Charles, avoua-t-elle.

– Vraiment... beaucoup?

– Beaucoup, inspecteur.

Deux larmes roulèrent sur ses joues.

– Comment l'avez-vous connu, mademoiselle?

– Je suis comédienne. J'ai la passion du théâtre depuis ma petite enfance. Jouer, c'est ma vie. Comme tout le monde, j'ai essayé d'assister aux cours d'interprétation donnés par Sir Charles. J'ai eu la chance d'être sélectionnée. Après, ce fut l'éblouissement! Ce n'était pas un professeur comme les autres... Il jouait avec ses élèves, il se laissait emporter par le texte et la vague qu'il déclenchait nous emportait tous.

– Il vous aimait bien?

Dorabella Fenwick rosit.

– Je crois... Il m'avait remarquée pour ma diction.

« Il n'y avait peut-être pas que la diction », pensa Higgins.

– Vous êtes-vous rencontrés hors des cours?

– Oui... Il m'a invitée à prendre le thé.

– A plusieurs reprises?

– A plusieurs reprises.

– Ne vous a-t-il pas emmenée en week-end?

Higgins considéra Dorabella Fenwick avec un bon sourire.

– Je ne veux pas vous gêner, mademoiselle.

– Je n'étais pas sa maîtresse, déclara-t-elle avec gravité. Cela vous paraîtra sans doute incroyable, mais c'est la vérité.

Trafalgar le siamois choisit cet instant pour faire son entrée. Il commença par observer l'intruse, puis avança d'une patte prudente vers Higgins et se pelotonna sur les pieds de l'ex-inspecteur-chef. Le félin garda cependant les yeux ouverts.

– La vérité n'est ni croyable ni incroyable, commenta Higgins. Elle est la vérité. Nos appréciations n'ont aucune importance. L'essentiel est de la découvrir.

– Justement, c'est ce que je vous demande, inspecteur. La mort de Charles est une catastrophe.

– L'Angleterre n'en doute pas une seconde, mademoiselle.

– L'Angleterre oubliera... Pas moi.

– Votre immense affection pour ce génie de la scène...

– Il y avait bien davantage, révéla Dorabella Fenwick. Charles m'avait promis mon premier grand rôle pour l'année prochaine.

– Le talent finit toujours par triompher, mademoiselle. Avec ou sans Sir Charles, vous vous imposerez. J'ai une proposition à vous faire.

La jeune femme leva des yeux intrigués vers Higgins.

– Ah oui... qu'est-ce que c'est?

– Ne croyez-vous pas qu'il est temps de me donner la véritable raison de votre visite?

La comédienne se leva, serrant son verre dans la main droite. Elle fit quelques pas et s'immobilisa devant le paravent, tournant le dos à Higgins.

– Vous êtes impitoyable, inspecteur.

– J'essaye de vous aider, mademoiselle. Si vous êtes ici, c'est pour me donner une indication très importante susceptible de provoquer l'ouverture d'une enquête criminelle. Suis-je dans l'erreur?

– Non... Charles avait rédigé un testament en ma faveur. Il me l'a montré. Quand on a annoncé sa mort, j'attendais que son notaire m'appelle. Il n'en a rien fait. On a assassiné Sir Charles Williams pour lui voler ce testament et m'empêcher d'hériter de sa fortune.

CHAPITRE III

Dans les bureaux du Yard, Higgins dut serrer de nombreuses mains. Pour beaucoup d'inspecteurs, la retraite du meilleur limier de la police de Sa Majesté n'était qu'un coup monté pour lui permettre de suivre les enquêtes les plus difficiles sans compromettre directement l'administration.

En voyant apparaître son collègue, le superintendant Marlow se demanda s'il n'était pas victime d'une hallucination. D'ordinaire, il était chargé par le grand patron du Yard de mener auprès de Higgins les plus délicates des négociations afin de le convaincre de résoudre les plus inextricables des énigmes criminelles.

Higgins n'appréciait guère la pollution londonienne. L'arracher à la quiétude de son domaine constituait un exploit. Qu'il se rendît de lui-même à Scotland Yard relevait de l'invraisemblable.

– Higgins... Quelle surprise!

Scott Marlow cacha précipitamment une bouteille de whisky. Le superintendant, bien qu'un peu épais en raison d'un manque d'exercice, n'avait rien d'un alcoolique. Le whisky l'aidait parfois à réfléchir sur les dossiers administratifs de plus en plus complexes qu'il avait à traiter. De plus, comme le reconnaissait la médecine, ce breuvage était excellent pour la dilatation des artères et constituait un moyen de prévention contre les attaques.

– Je ne suis pas sûr qu'il s'agisse d'une bonne surprise, mon cher Marlow.

Le superintendant, brusquement inquiet, fronça les sourcils.

– Une enquête menée avec légèreté, expliqua Higgins.

Scott Marlow sentit que la journée s'annonçait mal et que les suivantes risquaient de n'être pas fameuses. Higgins n'avait pas l'habitude de porter des accusations à la légère. Restait à espérer qu'il se fût trompé.

– Le Yard est devenu une police scientifique, Higgins. Nous ne travaillons plus dans l'à-peu-près. Des erreurs de détail sont toujours possibles, mais...

– Je veux parler de la mort de Sir Charles Williams.

– L'acteur décédé le mois dernier?

– Lui-même.

– Je vous arrête tout de suite, Higgins. Aucun doute ne peut planer sur cette tragique disparition.

– Pourquoi?

– C'est un de mes adjoints qui a mené l'enquête. Ses conclusions sont formelles : mort accidentelle.

– L'argument a du poids, reconnut Higgins. J'ose espérer que le Yard n'a fait l'objet d'aucune pression pour laisser dans l'ombre des faits gênants?

– Higgins! Comment...

– J'évoquais des pressions officieuses, mon cher Marlow.

– Non, non... Rien de tel.

– En relisant de vieux dossiers, j'ai constaté que Sir Charles était l'ami intime d'un des membres très en vue de la famille royale. Est-ce bien exact?

L'embarras de Scott Marlow faisait peine à voir. Higgins connaissait l'admiration de son collègue pour la reine Elisabeth II. Grâce à ses états de service, il espérait faire un jour partie des hommes assurant la protection rapprochée de la souveraine. Encore fallait-il mener une carrière irréprochable et ne pas commettre le moindre faux pas qui pût déclencher la colère de la Couronne.

– C'est... C'est bien exact.

– Votre subordonné n'est-il pas un jeune inspecteur sans expérience, qui a mené une enquête très rapide?

– Il y a du vrai, reconnut Scott Marlow. Mais uniquement parce que les éléments du dossier ne soulevaient aucune difficulté.

– Pourrais-je le consulter?

– Est-ce bien nécessaire, Higgins? C'est à présent une affaire classée et je ne pense pas...

– Je possède des éléments nouveaux. J'aimerais savoir s'ils se raccordent ou non aux faits établis.

« Eléments nouveaux » : ces mots résonnèrent comme un glas dans l'esprit du superintendant.

– Le passé est le passé, Higgins. Personne n'a émis la moindre contestation.

– Mais si, superintendant : moi. Pour le moment, en privé.

La menace était réelle. Scott Marlow n'avait plus qu'à s'exécuter.

*
**

Higgins fut surpris par la minceur du dossier. Il en ressortait que Sir Charles Williams avait été victime d'un malaise cardiaque dû à une trop forte absorption d'alcool. Près du cadavre, on avait retrouvé une bouteille de gin vide. L'acteur, perdant connaissance, avait fait une mauvaise chute. Son front avait heurté le coin d'un meuble, comme le prouvait une profonde entaille. Il s'était effondré sur le lit défait. La plaie avait abondamment saigné, tachant les draps et la moquette.

– Où se trouve le rapport du légiste?

– Il n'y en a pas, avoua Scott Marlow. Les circonstances de la mort étaient évidentes. Cela n'a pas paru nécessaire. Pourquoi abîmer le corps d'un grand acteur sans raison?

– Hmmm, marmonna Higgins, regardant de près la photographie de la chambre où Sir Charles était passé de vie à trépas. Il y a quelque chose sur le lit, là, en haut et à gauche du document.

– Ah? Je n'avais pas remarqué.

– Mais si, superintendant. Regardez bien. On dirait un déshabillé féminin.

– Peut-être bien... On me l'a signalé, en effet.

– Qu'est devenue cette pièce de vêtement?

– On l'a jetée.

– Une pièce à conviction?

– Pas du tout, Higgins! se révolta le superintendant. C'était un accident. Une banale crise cardiaque. Nous n'avions pas à pousser l'enquête.

– Hmmm... Qui a découvert le corps?

– Le portier chargé de veiller sur l'ensemble des

appartements. Il ignorait que son locataire était un homme aussi important.

– Je ne vois pas de procès-verbal de son interrogatoire.

– Interrogatoire? Mais pourquoi donc? Il n'y a rien de suspect! Nous avons assez d'affaires criminelles sur les bras, Higgins. Pourquoi en inventer une là où il n'y en a pas?

Higgins nota sur un carnet noir divers renseignements concernant le défunt : son adresse, celle des appartements « Fields », sa situation de famille – divorcé sans enfants. La pointe du crayon Tradition Staedler B avait été finement taillée et courait allègrement sur le papier.

L'ex-inspecteur-chef s'apprêta à quitter le bureau de Scott Marlow.

– Higgins... Ne partez pas comme ça! Quels sont vos éléments nouveaux?

– J'ai l'impression que vous n'avez pas fini d'en entendre parler, superintendant. A très bientôt.

⁂

Davantage de voitures, davantage de bruit, davantage de fumées toxiques... Londres, comme toutes les grandes villes, était prise d'une folie de croissance qui la rendrait de plus en plus inhabitable. Une pluie fine mais constante se doublait d'un brouillard gris-bleu qui gênait la respiration.

Les appartements « Fields », bénéficiant d'un peu de verdure et d'un square interdit aux voitures, étaient une sorte de havre de paix. L'ex-inspecteur-chef croisa un couple de vieilles gens. Ils se saluèrent.

Higgins toussota à plusieurs reprises pour

réveiller le portier qui s'était assoupi sur une page du *Sun*. L'homme, âgé d'une soixantaine d'années, n'avait pas le regard particulièrement vif.

– Ça ne m'arrive jamais, expliqua-t-il. Moi, je travaille jour et nuit. Personne n'entre ici sans que je le sache.

– Je vous en félicite, cher monsieur.

– Etes-vous un nouveau locataire?

– Pas exactement. Inspecteur Higgins, de Scotland Yard.

Le portier émit un soupir.

– La mort de Sir Charles Williams, je suppose...

– Vous êtes très perspicace. Je suppose qu'on vous a déjà longuement interrogé.

– Moi? Pas du tout! Dix minutes, pas plus... Et pourtant, j'en ai à dire, croyez-moi!

– Je vous crois. Je suis là pour vous écouter. Peut-être pourrions-nous bavarder dans l'appartement occupé par Sir Charles?

– Le 110... Ça me fera tout drôle, mais enfin... Si vous y tenez.

Le portier conduisit l'ex-inspecteur-chef jusqu'à l'appartement 110. Le couloir était plutôt défraîchi.

– Personne ne peut pénétrer ici sans que vous l'aperceviez?

– Personne, répondit le portier.

– C'est la seule entrée de l'appartement?

– La seule.

L'endroit n'était guère riant. Higgins découvrit les petites pièces sombres. Que venait faire dans ce triste logement un homme doté d'une immense fortune?

– Vous n'aviez pas reconnu Sir Charles, je pense?

– Non, répondit le portier. Il s'était plus ou moins grimé quand il a loué l'appartement. Un acteur comme lui... Il n'a pas eu de mal à me berner. C'était il y a plus d'un an. Depuis, je ne l'ai pas revu.

– Comment êtes-vous entré?

– La porte était restée ouverte. Il m'a suffi de frapper pour le constater.

– Pourquoi êtes-vous venu à l'appartement?

– Parce qu'on me l'a demandé. Une femme avec une voilette qui lui masquait le visage.

Higgins avait sorti son carnet noir et prenait des notes.

– Pourriez-vous me décrire précisément cette femme?

– Ça oui, affirma le portier. Je l'ai regardée avec attention, parce qu'elle m'a fait peur. Elle était nerveuse, et inquiète. Elle avait un gros rhume et s'est même mouchée. Et cet horrible parfum qui empestait le muguet... Plutôt vulgaire pour une personne aussi distinguée, non?

– Comment était-elle habillée?

– Je m'en souviens très bien, inspecteur. Un tailleur marron, des escarpins noirs, un corsage avec des boutons de nacre, des poignets libres, pas de bijoux... et surtout, le paquet! Elle m'a demandé de le monter immédiatement à Sir Charles.

– Un gros paquet?

– Non... et plutôt léger.

– Qu'est-il devenu?

– Je n'en sais rien. Je crois que je l'ai posé... par là, tenez. Ah, voyez! C'est celui-là, à côté du vase.

Higgins ôta la ficelle et le papier d'emballage. Il contenait une édition populaire de plusieurs pièces de William Shakespeare. L'ex-inspecteur-chef feuilleta le volume. L'une des pages avait été soigneusement découpée. Une partie de la scène III de l'acte III de *Hamlet*. Higgins se promit de relire le passage manquant.

– Quand vous êtes entré, qu'avez-vous remarqué?

– La lumière était allumée, répondit le portier. Sur la table, il y avait les préparatifs d'un souper fin.

– Que sont-ils devenus?

– Eh bien... comment...

– Vous pouvez tout me dire, conseilla Higgins, paternel. Votre collaboration est essentielle.

– Ça, j'en suis sûr, mais pour le gâteau...

– Vous l'avez mangé?

Le portier baissa la tête, un peu honteux.

– Et la bouteille de champagne, poursuivit Higgins, vous l'avez bue.

Le portier considéra l'ex-inspecteur-chef avec stupéfaction.

– Comment le savez-vous?

– Simple déduction, mon ami.

– Il faut me comprendre, inspecteur. Après le départ de la police, je n'allais pas laisser gâcher toutes ces bonnes choses. J'ai rangé les assiettes, les couverts et les bougeoirs. Ça faisait désordre, après ce décès. Les appartements que je surveille ont une réputation à défendre.

– Bien entendu... Et c'est vous qui avez découvert le corps.

– En effet, inspecteur. J'ai ressenti comme une présence. J'ai eu peur, je suis entré dans la chambre et j'ai aperçu le cadavre.

– Y avez-vous touché?

– Non, j'ai tourné de l'œil. J'ai dû être inconscient quelques minutes... Puis j'ai repris mes esprits et j'ai appelé la police.

– Avant de vous évanouir, n'avez-vous pas noté la présence d'un objet sur le lit?

– Le drap était taché de sang et il y avait... Oui, il y avait un dessous féminin en dentelle. De couleur rose. Je crois que la police l'a emporté.

Higgins était pensif.

– Cette femme à la voilette, êtes-vous certain de ne l'avoir jamais vue?

– Absolument certain.

– Une aristocrate, d'après vous?

– A la réflexion, c'est probable.

– Aucun autre souvenir de ces pénibles moments?

– Je crois que non... Je vous ai été utile?

– Très utile, apprécia Higgins.

– Mais... qu'est-ce que vous allez faire avec tout ça? Sir Charles Williams n'est-il pas décédé de mort naturelle?

– La mort est toujours naturelle, rappela Higgins. Ce sont les circonstances qui le sont moins, parfois. Pourriez-vous me laissez seul quelques instants?

– Bien sûr, inspecteur. Une nouvelle perquisition, hein?

– Vous êtes un esprit alerte. Continuez à surveiller les allées et venues. On ne sait jamais.

– J'y vais de ce pas.

Higgins avait besoin de humer l'air du lieu où s'était commis un crime. Car il n'en doutait plus, à présent : Sir Charles avait bien été assassiné, comme l'affirmait sa jeune amie, Dorabella Fenwick. L'ex-inspecteur-chef n'avait pas de preuves formelles mais son instinct ne le trompait pas.

Malheureusement, tous les indices avaient été

dispersés. Il n'y avait plus grand-chose à tirer de ce modeste appartement où le plus grand shakespearien du siècle avait terminé ses jours de manière lamentable.

Révoltant et inacceptable.

Higgins avait un détail à vérifier. Il examina avec attention chacun des murs de l'appartement. Ce fut dans la cuisine qu'il découvrit ce qu'il cherchait. Près du réfrigérateur, masquée par une couche de peinture, il y avait une petite porte. On pouvait pénétrer par là dans l'appartement sans être vu du portier. Ou bien après lui avoir menti sur le locataire que l'on allait voir.

Autrement dit, n'importe qui avait pu entrer dans l'appartement 110 à n'importe quel moment.

CHAPITRE IV

Le superintendant Marlow était atterré.

Les révélations de Higgins rendaient obligatoire l'ouverture d'une nouvelle enquête sur la mort de Sir Charles Williams.

– Et si nous échouons, Higgins? Je reconnais que mon subordonné a été un peu... léger, mais rien ne prouve encore qu'il s'agit bien d'un crime.

– Il reste plusieurs personnages à identifier et à interroger, mon cher Marlow : cette mystérieuse femme à la voilette, la femme que Sir Charles attendait pour souper, celle qui possédait un déshabillé rose, sans compter celle qui aurait pu passer par la porte de la cuisine.

– Vous ne parlez que de femmes, Higgins! Vous ignorez sans doute que Sir Charles a divorcé et que son ex-épouse l'a accusé de... enfin, de mœurs... comment dire...

– Je l'interrogerai, promit l'ex-inspecteur-chef. Il y a plus urgent.

– Urgent? Vous n'allez pas vous occuper personnellement de cette affaire!

Le visage de Scott Marlow s'était congestionné.

– J'ai des loisirs, superintendant. Comment accepterais-je qu'un assassin jouisse de l'impunité après avoir supprimé un homme qui faisait honneur à l'Angleterre?

Higgins n'avait pas à ajouter qu'il avait également l'intention de rendre justice à une charmante jeune femme qui avait placé sa confiance en lui. Cet aspect de l'enquête ne concernait que lui.

– Il faudrait procéder avec beaucoup de prudence, recommanda Scott Marlow. Peut-être n'y a-t-il rien de véritablement extraordinaire à découvrir. Avant d'entamer une procédure administrative, vous devriez peut-être agir... comment dire...

– Officieusement.

– Quelque chose dans ce genre-là. Mais avec mon appui total, bien entendu.

– Bien entendu.

Si Higgins échouait, le superintendant pourrait montrer le rapport déjà établi. S'il réussissait, il pourrait se féliciter d'avoir découvert les dessous d'une surprenante affaire criminelle. Ainsi, Marlow jouait à coup sûr sur tous les tableaux. Higgins n'en éprouvait aucun ressentiment. Il en allait ainsi sur le chemin des carrières brillantes.

– Nous restons en contact, Higgins. Dès que vous obtenez des résultats...

– Je ne manquerai pas de faire appel à vous, mon cher Marlow.

*
**

Le notaire de Sir Charles Williams était un homme d'un âge certain habitant dans un hôtel particulier de Mayfair. Malgré l'heure tardive, il reçut Higgins avec civilité.

– En quoi puis-je vous aider, inspecteur? Je parierais sur... la succession Williams.

Le notaire avait une petite voix grêle qui forçait sur les aigus.

– C'est bien cela. Vous êtes fort perspicace.

– Ah! La police et les problèmes de testaments! Je n'ai pas connu beaucoup de gens qui mouraient tranquilles. Dès que le cadavre refroidit, les vautours se précipitent.

Le bureau du notaire était aussi une vaste bibliothèque. Les étagères, remplies d'éditions de luxe, montaient jusqu'au plafond.

– Qui hérite de la fortune de Sir Charles Williams? demanda Higgins.

– Voici une question bien embarrassante, inspecteur. Sir Charles a créé des dizaines de rôles, mais il n'avait pas conçu d'héritiers. Il n'a malheureusement pas pensé à rédiger un testament et il était divorcé. La bagarre va être rude.

– Plus de famille?

– Personne de connu. L'association des vieux interprètes de Shakespeare m'a déjà demandé l'intégralité de la fortune. Son ex-femme aussi. Bientôt, ce sera le tour des domestiques. Est-ce qu'un peu de porto vous ferait plaisir?

Higgins acquiesça. Cette enquête ne commençait pas trop mal. On ne l'avait pas encore contraint à affronter l'épreuve du thé.

Le vieux notaire, en claudicant, se dirigea vers un coffre. Il l'ouvrit en tournant une sorte de roue grinçante. A l'intérieur, une remarquable collection de vieux portos.

– Goûtez-moi ça, inspecteur. Une merveille qu'on ne fabrique plus.

De fait, Higgins avait rarement savouré un

porto d'une telle qualité. Puissant et envoûtant, il répandait dans la bouche une douce chaleur.

– Ne trouvez-vous pas curieux qu'un homme riche n'ait pas songé à désigner un ou plusieurs héritiers?

– Riche, Sir Charles l'était, reconnut le notaire. Cette absence de testament m'étonne, en effet.

– Connaissait-il une femme habituée à porter une voilette cachant complètement le visage?

– Je l'ignore, inspecteur. Je ne connaissais rien de sa vie privée. Lorsque nous nous rencontrions, c'était uniquement pour les affaires. Sir Charles était un homme affable et courtois, mais plutôt secret.

– Jamais un mot sur son ex-femme, par exemple?

– Sujet tabou. Je ne sais pas ce qui s'est passé entre eux, mais ce fut probablement grave. Une fois, je lui ai demandé de ses nouvelles. « Ne recommencez jamais, m'a-t-il averti, sinon je change de notaire. »

– Pensait-il à sa disparition?

– Non. Il avait beaucoup de projets. La richesse lui allait bien.

– Vous avez le meilleur porto du monde, mon cher maître.

Le compliment ravit le notaire.

– Quel plaisir d'avoir affaire à un véritable inspecteur de Scotland Yard qui sait apprécier les bonnes choses, déclara-t-il avec emphase. Je déteste ces jeunots qui ont l'âme desséchée à force de ne penser qu'au règlement.

Higgins regarda le notaire avec acuité.

– Sir Charles n'a-t-il pas cité le nom d'une certaine Dorabella?

– Ça ne me dit rien... Son nom de famille?

– Fenwick.

– Non, non... Je m'en souviendrais. Profession?

– Une jeune comédienne de vingt ans, blonde, très jolie.

Le notaire s'octroya une rasade de porto.

– Il y a bien un vague souvenir, mais si vague...

Higgins était tout ouïe. Il laissa son interlocuteur se concentrer.

– Nous parlions des jeunes, ça me revient. Ils ne valent plus grand-chose, lui disais-je. « Vous avez tort, m'a-t-il répondu. Il existe de merveilleuses jeunes femmes, belles et intelligentes. N'y en aurait-il qu'une seule, elle mériterait d'être riche et heureuse. » C'étaient à peu près ses termes.

Higgins les avaient notés sur son carnet noir.

– Vous possédez une remarquable bibliothèque, maître.

– Nous adorons les vieux livres, dans ma famille. J'en suis assez fier, en effet. Il y a ici quelques très belles pièces. Vous désirez en voir quelques-unes?

– J'ai une passion pour *Hamlet*. Auriez-vous une édition ancienne?

– Bien sûr! Vous avez de la chance : elle est facile à atteindre. Première étagère, à l'extrême gauche.

Higgins tira délicatement l'ouvrage, relié pleine peau. Le papier jauni était d'une épaisseur remarquable. Il se reporta directement à la scène III de l'acte III.

– Inspecteur... Pourrais-je vous demander une faveur?

– Je vous écoute.

– Pourriez-vous me lire un peu de Shakespeare? Cela me rappellera ma jeunesse, quand mon précepteur me déclamait l'œuvre du grand Will. Quelle époque... Juste quelques vers, ce serait possible?

– Avec plaisir, répondit Higgins.

Sur le ton grave qui convenait, sans déclamation, l'ex-inspecteur-chef lut le passage qui avait été découpé dans l'édition de *Hamlet* apportée aux appartements « Fields » par la femme à la voilette.

« Une existence isolée et particulière est tenue de se couvrir de toute la puissante armure de l'âme contre le malheur; à plus forte raison une vie au souffle de laquelle sont suspendues et liées tant d'autres existences. Le décès d'une Majesté n'est pas la mort d'un seul : comme l'abîme, elle attire à elle ce qui est près d'elle. C'est une roue colossale fixée sur le sommet de la plus haute montagne, et dont dix mille menus morceaux, adaptés et joints, forment les rayons gigantesques. Quand elle tombe, tous ces petits fragments sont, par une conséquence minime, entraînés dans sa ruine bruyante. Un roi ne rend jamais le soupir que dans le gémissement de tout un peuple. »

*
**

Après être sorti de chez le notaire, Higgins marcha longuement dans les rues de Londres. Il médita sur le contenu de ce texte splendide, qui prenait une résonance étrange dans le cadre de l'assassinat du plus grand interprète contemporain de Shakespeare.

« Une existence isolée et particulière »... N'était-ce point celle de Sir Charles? Mais une existence « tenue de se couvrir de toute la puissante armure de l'âme contre le malheur » : que le malheur guettât le comédien n'était que trop évident depuis son assassinat. Mais quelles précautions avait-il prises pour s'en protéger, quelle armure avait-il revêtue? « Une vie au souffle de laquelle sont suspendues et liées tant d'autres vies » : lesquelles? Higgins connaissait déjà celle de Dorabella Fenwick. Il pourrait sans doute y ajouter celle de l'ex-femme de Sir Charles. Y en avait-il d'autres? « Le décès d'une Majesté n'est pas la mort d'un seul » : cela signifiait-il que l'assassin préparait d'autres crimes? « Comme l'abîme, elle attire à elle ce qui est près d'elle » : autrement dit, il fallait chercher dans l'entourage immédiat de Sir Charles, parmi ses intimes et ses familiers.

Le comédien avait atteint le sommet de la plus haute montagne de la gloire théâtrale. Il était une roue dont dépendaient de nombreux rayons qui se briseraient avec elle. La disparition de l'acteur condamnerait-elle donc à la ruine tant de personnes proches de lui?

Tout cela demeurait bien mystérieux. Higgins ne disposait pas des informations nécessaires pour interpréter correctement cet indice qu'il considérait comme capital.

L'assassin s'était-il trahi lui-même? Etait-ce cette mystérieuse femme à la voilette?

***

Scott Marlow posa un dossier sur une pile qu'il venait de ranger.

– Enfin, Higgins, vous n'avez toujours rien de tangible. Rien que des soupçons. Des soupçons sérieux, je vous le concède, mais enfin...

– Avez-vous retrouvé le déshabillé rose qui était étalé sur le lit de Sir Charles?

Scott Marlow écarta rageusement la pile de dossiers.

– Non. Mon subordonné a commis une grave négligence, admettons-le. Ce vêtement a été jeté, je vous l'ai dit. Malgré une recherche auprès de la voierie, aucun résultat. Il a été détruit.

– C'est regrettable. Son examen nous aurait peut-être permis d'identifier la femme qui le portait.

– Je sais, je sais...

Scott Marlow redoutait une intervention brutale de la part de Higgins. Ce n'était pas son style, mais l'ex-inspecteur-chef avait un tel sens de son devoir qu'il était bien capable de soulever une tempête pour atteindre la vérité.

– Je vais avoir besoin de vous, mon cher Marlow.

– De... de quelle manière?

– En me conduisant à la propriété de Sir Charles Williams.

CHAPITRE V

La vieille Bentley du superintendant ne pouvait guère pousser de pointes de vitesse. Scott Marlow l'avait achetée à un revendeur plutôt douteux. Les réparations lui coûtaient fort cher, mais il était fier de rouler dans cet emblème de la classe et du bon goût britanniques, même si quelques bruits métalliques désagréables rendaient les parcours un peu bruyants.

Quitter son bureau du Yard, récemment repeint à neuf, était un supplice pour Scott Marlow. Il détestait la campagne et n'appréciait que la civilisation urbaine, parfaitement quadrillée par les services de la police. Mais il était bien obligé de se plier aux exigences de Higgins. Pour le moment, c'était un moindre mal. L'ex-inspecteur-chef avait trop souvent l'habitude de mener ses investigations en solitaire et d'oublier de rédiger les rapports réglementaires. Etre avec lui sur le terrain présentait des avantages certains, surtout quand ce terrain s'avérait aussi glissant que celui de l'affaire Williams.

La propriété du grand comédien, baptisée Shakespeares' Lodge, était située à quelques kilomètres d'Oxford. Higgins, qui était un ancien de

Cambridge, appréciait modérément cette région. La Bentley effectua le trajet sous une pluie battante. La température revenait enfin à un niveau normal pour la saison, une huitaine de degrés. Des enfilades d'énormes nuages noirs traversaient le ciel, déversant leur contenu sur une terre verdoyante.

Le domaine de Shakespeares' Lodge était entièrement clos de murs. Une enceinte de plus de deux mètres de haut d'où dépassaient des branches de hêtres et de chênes centenaires. Les prés attenants étaient rendus inaccessibles par un grillage serré, d'une qualité et d'une hauteur inhabituelles. Empruntant un chemin de terre, les policiers arrivèrent à un portail monumental, évoquant l'entrée d'un château fort.

– Charmant endroit, observa Scott Marlow.

– Les célébrités doivent protéger leur vie privée, estima Higgins.

– A l'intérieur d'une forteresse pareille, ce doit être facile.

– Sans doute. Mais pourquoi Sir Charles en est-il sorti pour aller mourir dans un modeste appartement londonien?

Scott Marlow se renfrogna, descendit de la voiture et appuya sur un bouton rouge placé au-dessus d'un interphone, à droite du portail. Higgins avait la détestable manie de poser des questions insidieuses.

– Qu'est-ce que c'est? demanda une voix gutturale, empreinte d'un fort accent étranger.

– Scotland Yard. Veuillez ouvrir, je vous prie.

– Sir Williams est décédé. La maison est fermée.

– Pas pour la police, s'irrita Scott Marlow. Veuillez ouvrir immédiatement.

– A vos risques et périls.

Interloqué, Scott Marlow alla se rasseoir au volant de la Bentley.

– Il y a un fou là-dedans, expliqua-t-il à Higgins. Etes-vous certain que nous...

– Plus que jamais, dit l'ex-inspecteur-chef, voyant le portail s'ouvrir.

Sir Charles avait pourvu sa demeure d'un équipement électronique perfectionné.

La Bentley s'engagea dans une allée couverte de graviers. De part et d'autre, de grandes pelouses admirablement entretenues. Les taupes ne les avaient pas encore attaquées. Sur la gauche, au terme d'une forte pente, la Tamise. Sous l'effet d'un vent violent, le fleuve tranquille paraissait presque en furie. Higgins songea à une phrase de la scène IV de l'acte I de *Hamlet*, « L'aspect seul de ce lieu donne des fantaisies de désespoir au cerveau de quiconque contemple la mer de cette hauteur et l'entend rugir au-dessous. » La Tamise n'était certes pas la mer, mais son rugissement présent était des plus lugubres.

L'allée stoppa brusquement devant un gigantesque massif d'hortensias.

Les deux policiers furent obligés de descendre. L'un et l'autre avaient eu le réflexe de se munir d'un parapluie. Les précipitations diminuaient un peu de violence, mais elles s'annonçaient durables.

Higgins s'arrêta pour contempler l'étonnant paysage. A deux kilomètres au moins, le manoir et ses dépendances. Devant lui, une grande véranda victorienne peinte en blanc. Sur la droite du manoir, à quelques centaines de mètres, une chapelle gothique qui, d'après son style, devait dater du XIIIe siècle.

Scott Marlow eut un frisson. Ce n'était pas seulement le froid.

– Comment peut-on habiter un pareil endroit?

– Il y a quelque chose de... théâtral, ne trouvez-vous pas?

– Procédons rapidement aux interrogatoires, recommanda Scott Marlow, et regagnons Londres. Il n'y a rien à découvrir ici.

– L'âme du défunt, objecta Higgins. C'est essentiel pour découvrir l'assassin et son mobile.

Le superintendant haussa les épaules. Il détestait le côté mystique de son collègue qui était en contradiction formelle avec les exigences de la police moderne. Qu'il parvînt à d'incontestables résultats n'effaçait pas cette fâcheuse impression.

– Si Sir Charles ressemblait à son domaine, continua l'ex-inspecteur-chef, son esprit devait être quelque peu torturé. Ouvrons grand nos yeux et nos oreilles, mon cher Marlow.

Une sorte de rugissement alerta Scott Marlow.

– C'est incroyable, Higgins! J'ai l'impression d'avoir entendu... un fauve! Je vais finir par croire aux maisons hantées.

– Ce n'est pas un fantôme, mon cher Marlow. Si vous tournez légèrement votre regard vers la gauche, en prenant soin de n'effectuer aucun mouvement brusque, vous découvrirez effectivement un fauve. Un superbe tigre, pour être plus précis.

Nullement indisposé par la pluie, un tigre royal regardait les deux policiers, planté à une cinquantaine de mètres des intrus.

– Nous pourrions peut-être nous éclipser doucement en reculant, suggéra Scott Marlow. J'ai lu quelque part que les tigres n'attaquaient pas l'homme s'ils étaient correctement nourris. Celui-là n'a pas l'air de mourir de faim.

– Votre suggestion aurait été excellente si elle ne s'était pas heurtée à un obstacle incontournable.

– Lequel, Higgins?

– Derrière nous, il y a un gorille qui ne paraît pas décidé à céder le passage. Je n'ai pas pris le temps de détailler sa physionomie, mais elle ne semble pas particulièrement avenante.

– Dans quel guêpier sommes-nous tombés?

– Il s'agit plutôt d'un zoo, mon cher Marlow. Reste à connaître le degré d'affection de ces grosses bêtes pour l'espèce humaine. Nous ne devrions pas tarder à être fixés.

Les bruits émis par le tigre étaient de moins en moins rassurants. On pouvait même se demander s'il ne se préparait pas à bondir. Quant au gorille, il avançait doucement vers les intrus.

– Avez-vous votre arme réglementaire, mon cher Marlow?

– Je... je l'ai oubliée dans la voiture.

– Regrettable.

– Vous ne croyez quand même pas que...

– Je crains que ces deux bêtes ne soient insensibles à nos qualités de policiers, mon cher Marlow.

Scott Marlow était plus furieux qu'affolé. Se faire déchiqueter par un tigre et assommer par un gorille au cœur de l'Angleterre, tout près d'Oxford, était absolument choquant.

Higgins ne quittait pas le tigre des yeux. A son attitude, il comprit qu'il allait bondir.

– Rudyard! Maggie! On ne bouge plus! hurla une voix rocailleuse au fort accent oriental.

Le tigre et le gorille se figèrent sur place. Le fauve s'aplatit sur l'herbe. Le gorille, bras ballants, se dirigea vers un Hindou enturbanné qui courait vers lui. L'homme et la bête s'embrassèrent.

– Sage, Maggie, sage...

Furibond, Scott Marlow apostropha l'Hindou.

– Qui êtes-vous?

– Chankara, le domestique de Sir Charles. Je suis l'intendant de cette maison.

Chankara était un homme de haute taille, maigre, noir de peau. Impossible de lui donner un âge. Sa maigreur apparente cachait une grande énergie que trahissait sa voix. Le personnage avait de l'autorité et de l'allure. Il avait conservé les habitudes vestimentaires de son pays : turban blanc orné d'une pierre précieuse, costume blanc immaculé, sandales. Il ne paraissait souffrir ni de la pluie ni de la fraîcheur. Une légère balafre striait sa joue gauche.

– Saviez-vous qu'il y avait des fauves dangereux en liberté dans ce domaine?

– Ils ne sont dangereux que pour les individus dangereux, répondit Chankara. Maggie est un gorille femelle très affectueux. Rudyard est un tigre mâle d'une grande droiture. Il n'a jamais tué personne, sauf pour manger.

– Votre balafre? demanda Higgins.

– Une erreur de ma part, admit l'Hindou. Quand on s'amuse avec Rudyard, il ne faut pas oublier qu'il est beaucoup plus fort que vous.

– Avez-vous toutes les autorisations nécessaires pour élever ces... ces monstres? s'inquiéta Marlow.

– Eux et moi sommes parfaitement en règle. Nous sommes Anglais au même titre que vous et respectons les lois de notre pays. Ce n'est pas le cas des massacreurs d'animaux. Un proverbe dit : « Quand le tigre ne viendra plus boire à la rivière, le monde sera proche de sa fin. » A ma manière, je lutte contre cet inévitable désastre. Autrefois, une espèce animale disparaissait tous les mille ans. De nos jours, grâce au progrès, c'est une par an qui est anéantie. Maggie et Rudyard coulent des jours heureux, ici. Je m'en réjouis pour eux.

Scott Marlow était abasourdi. Sir Charles devait être un fameux fantaisiste pour autoriser pareilles pratiques.

– Comment les nourrissez-vous? demanda Higgins auquel Maggie commençait à faire les yeux doux.

– Viande fraîche pour le tigre, fruits exotiques pour le gorille. Sir Charles possédait des troupeaux et des serres. Il adorait jouer avec eux. Maggie avait même appris à pratiquer le saute-mouton avec lui.

– Auriez-vous étudié la zoologie?

– Non, inspecteur, répondit Chankara. J'ai fait mes humanités à Delhi.

– Pourquoi être venu ici?

– J'ai donné la réplique à Sir Charles dans une représentation de Hamlet, à Delhi. Je jouais un homme de guet. Sans doute lui ai-je plu. Il m'a proposé ce poste de grande responsabilité. J'avais envie de voyager, je l'ai suivi.

– Comment avez-vous appris sa mort?

– Par les journaux. Il était absent depuis trois semaines, environ.

– Et vous n'aviez aucune nouvelle de lui?

– Aucune.

– Etait-ce normal? s'étonna Scott Marlow.

– Tout à fait, répondit Chankara, imperturbable. Sir Charles n'avait pas à me tenir au courant de son emploi du temps. Ni l'un ni l'autre ne pensions qu'un domestique eût à se mêler des affaires de son maître. Mon rôle consiste à tenir cette demeure dans un parfait état et toujours prête à accueillir son propriétaire.

L'Hindou parlait une langue châtiée, un peu académique. En dépit de ses réponses circonstanciées, Higgins sentit que le dialogue ne serait pas facile.

– Sans doute désirez-vous entrer, messieurs? Demeurer éternellement sous la pluie n'est pas un sort enviable. Je m'occupe de Maggie et de Rudyard, et je suis à vous.

Pendant que le domestique accompagnait le tigre et le gorille jusqu'à leurs cages, les deux policiers passèrent devant la massive véranda victorienne dont les carreaux résonnaient sous l'ondée.

Le manoir avait de la prestance. Deux étages à cinq fenêtres chacun, un toit d'ardoises brunes, quatre hautes cheminées d'angle, des formes robustes et solides de la fin du XVIIe siècle. Ecuries, ateliers et garage étaient beaucoup moins beaux. Des réparations récentes avaient défiguré les bâtisses anciennes.

Higgins et Marlow grimpèrent les marches d'un perron trapu et entrèrent dans un hall de marbre, nu et glacial.

– Voilà du théâtre plutôt dépouillé, jugea le superintendant. Une vraie chambre froide.

Marlow n'avait pas tort. Higgins avait ressenti une sorte de malaise en franchissant le seuil.

Les deux hommes n'attendirent pas longtemps le domestique hindou. Ce dernier, qui avait revêtu un costume blanc et toujours immaculé, leur présenta ses excuses.

– Sir Charles tenait à ce que ses hôtes fussent parfaitement accueillis. Sa tragique disparition ne doit pas briser cette coutume. Suivez-moi, je vous prie.

Chankara ouvrit à deux battants une porte située au fond du hall glacial.

Les deux policiers demeurèrent un long moment silencieux, découvrant un intérieur tout à fait inhabituel.

Le rez-de-chaussée du manoir était une immense pièce encombrée de mille objets exotiques, chandeliers, fauteuils, ivoires, coffres, miroirs... Une fois ce bric-à-brac traversé, on atteignait une grande piscine aménagée sous une charpente en V. Aux poutres étaient accrochés des tissus indiens bariolés et un hamac. Autour de la piscine, des bacs en pierre remplis d'encens. Des guirlandes de fleurs couraient entre les piliers de bois. Pour s'asseoir, des fauteuils en rotin.

La chaleur humide régnant en cet endroit était presque étouffante.

– Si ces messieurs veulent bien me confier leurs imperméables et leurs parapluies...

Scott Marlow obéit mécaniquement. Il n'était pas loin de penser que le plus grand acteur shakespearien du siècle avait le cerveau dérangé.

– Sir Charles répétait ici ses rôles, expliqua Chankara. Il appréciait une température clémente mais détestait les rayons du soleil. Ils lui abîmaient la peau. La natation, en revanche, constituait le meilleur des sports pour préserver la condition physique dont il avait besoin. C'est pourquoi il avait fait construire cette piscine. A l'extérieur, elle aurait été inutilisable. Ici, il pouvait nager à sa guise.

– Et... tous ces objets éparpillés? interrogea Scott Marlow.

– Des souvenirs de ses voyages dans le monde. Il m'avait donné l'ordre formel de ne rien ranger. Quand il déclamait, il prenait un de ces objets au hasard, le lançait ou le posait, en prenait un autre. Tout cela lui servait de support pour son inspiration. Il comparait ce chaos à celui qui règne dans le monde extérieur et que le poète organise par sa création.

L'opinion de Scott Marlow était faite : le malheureux Sir Charles n'avait plus toute sa raison.

Sur un coup de folie, il avait loué n'importe quel appartement dans un quartier de Londres, rêvé une rencontre avec une jeune fille, s'était enivré, était tombé et avait succombé d'une hémorragie accidentelle.

– Parfait, déclara le superintentdant. Nous n'allons pas nous éterniser ici.

– Vous ne partirez pas sans avoir goûté à l'un des whiskies écossais de Sir Charles, déclara Chankara, sentencieux. Honorer sa mémoire me paraît le moindre des devoirs.

Cet Hindou moraliste commençait à énerver Scott Marlow. Mais un whisky de qualité ne se refusait pas.

– Puis-je vous accompagner au bar? demanda Higgins.

– C'est mon travail, indiqua sèchement Chankara.

– Je n'ai pas l'intention d'empiéter sur vos prérogatives, mon ami, mais de voir cette collection de près.

Chankara emprunta un passage aménagé dans le mur de pierre, à droite de l'extrémité de la piscine. Il conduisait à une sorte de cave voûtée aux étagères abondamment garnies de bonnes bouteilles : vins rouges, whiskies, champagnes, rhums, portos. Beaucoup d'entre elles étaient d'un âge respectable et témoignaient d'un goût très sûr.

– Sir Charles buvait peu et n'appréciait que la qualité supérieure. Que désirez-vous, inspecteur?

– Du Royal Salute.

L'œil noir du domestique brilla d'une considération nouvelle à l'égard du policier. Higgins perçut aussitôt ce changement d'attitude.

– Le Yard n'est pas forcément une école de rustres et de bourreaux. Pourquoi tant de prévention à l'égard de la police de Sa Majesté?

– Je n'aime pas les pouvoirs publics, avoua Chankara. La vie est liberté. Quand l'homme s'en mêle, il ne crée que des tribunaux et des prisons.

– Il faut quand même arrêter quelques assassins, ne pensez-vous pas?

– Assassin... victime... le monde n'est qu'illusion, inspecteur. Vérité et mensonge sont les deux faces d'un même miroir.

Higgins fit quelques pas dans cette cave d'exception. Il y faisait beaucoup moins chaud que dans l'immense pièce à la piscine. Le comédien était un aussi bon spécialiste des vins que des alcools, avec une préférence marquée pour les bourgognes.

– Je connais un peu cette doctrine, dit l'ex-inspecteur-chef. Vous êtes hindouiste, n'est-ce pas, et vous avez étudié le Vedanta?

– Exactement.

Higgins crut que Chankara allait perdre son sang-froid. Mais l'Hindou surmonta sa surprise et garda la maîtrise de ses réactions.

– Pour vous, le monde extérieur n'est qu'illusion, image inventée par le cerveau humain. Il n'y a pas de réalité absolue. Chaque événement peut être interprété d'une manière ou d'une autre, selon le degré de conscience de l'observateur.

Chankara avait posé sur un plateau deux verres et une bouteille de Royal Salute, le nectar des whiskies.

– C'est à peu près cela, mais en quoi...

– J'aimerais savoir comment vous interprétez un événement précis : l'assassinat de Sir Charles Williams.

CHAPITRE VI

Chankara ne broncha pas tout de suite. Higgins avait rencontré peu d'hommes, même en Orient, capables de juguler ainsi leurs émotions. L'Hindou n'était cependant pas un maître absolu en la matière. Quelques dixièmes de seconde, il laissa filtrer ses sentiments. Dans le cas présent, la peur.

– Un assassinat... Quelle abomination! Qui a commis ce geste ignoble?

– Scotland Yard l'ignore encore. Je suis ici pour trouver des indices.

– Des indices... Je ne vois vraiment pas...

– Connaissiez-vous une certaine Dorabella Fenwick, une jeune actrice blonde, très jolie?

– Non. Elle n'est jamais venue ici.

– Avez-vous vu une femme avec une voilette?

– Non.

– Sir Charles recevait-il beaucoup?

– Non. Personne. Cette demeure était son havre de paix. Il travaillait et réfléchissait. Préparer ses tournées représentait un labeur épuisant.

– Vous vous contredisez, monsieur Chankara.

– De quelle manière, inspecteur?

– Vous nous parliez des règles de l'hospitalité

de Sir Charles : à qui étaient-elles destinées, s'il ne recevait personne?

Le domestique eut un petit sourire.

– Les règles sont les règles, mes consignes étaient mes consignes. Qu'elles fussent appliquées ou non, je devais être prêt à chaque instant. Aujourd'hui, l'occasion se présente. Et puis il y avait quand même une visiteuse...

– Qui donc?

– L'ex-femme de Sir Charles, Lady Ruth.

– Venait-elle souvent?

– Une fois par mois.

– Pour quelle raison?

– Je l'ignore, inspecteur, et je n'ai pas l'habitude d'écouter aux portes.

– Avez-vous surpris des querelles entre les anciens époux?

– Une fois de plus, mon rôle ne consistait pas à les espionner mais à les servir.

– Retournons au bord de la piscine, mon ami. Cette conversation m'a donné soif.

Scott Marlow apprécia le breuvage exquis, mais continuait à détester cet endroit. L'absence de Higgins lui avait paru longue. De plus, le superintendant trouvait suspect ce domestique hindou. Il était bien décidé à lui faire avouer tout ce qu'il savait, tant qu'à faire.

– Quel homme était Sir Charles? demanda le superintendant à Chankara.

– Un excellent maître, inspecteur.

– Appelez-moi superintendant. Ce n'est pas ce que je vous demande. Décrivez-moi le comportement de votre patron.

– Un excellent maître, répéta Chankara, imperturbable.

– Vous vous moquez de moi! s'emporta Scott Marlow.

– Pas du tout, expliqua Higgins, apaisant. M. Chankara est un védantin.

– Pardon!

– Je veux dire adepte d'une religion orientale qui lui fait voir la réalité d'une manière différente de la nôtre.

– Et cette religion l'empêche de témoigner correctement?

– Il témoigne à sa manière.

– Elle ne me plaît pas.

Sentant que le climat se dégradait, Higgins préféra aller sur un autre terrain.

– Qui préparait les repas?

– Moi, répondit Chankara.

– Cuisine indienne?

– Variée.

– Sir Charles aimait-il la pâtisserie?

– Modérément. Le pudding.

– Avec de la crème fraîche?

– Uniquement lorsqu'il recevait Lady Ruth.

Scott Marlow intervint avec véhémence.

– Je répète ma question, monsieur Chankara : quel jugement portez-vous sur votre patron? Etait-ce un homme pondéré ou emporté, méthodique ou fantaisiste?

Le domestique hindou regarda le superintendant avec un léger mépris.

– C'était un excellent maître, superintendant. Pour moi, il avait toutes les qualités nécessaires à un patron. Le reste n'a aucune importance.

Scott Marlow frémit sous l'insulte muette.

– Je vous préviens, mon garçon, vous n'allez pas vous moquer longtemps de Scotland Yard.

Quand avez-vous quitté cet endroit pour la dernière fois?

– Il y a quinze ans, je suis entré au service de Sir Charles. Depuis, je n'ai pas quitté Shakespeares' Lodge.

– Vous avez des témoins?

– Rudyard et Maggie.

Higgins crut que le superintendant allait exploser. Une nouvelle fois, il fut obligé de détourner la colère montante de son collègue.

– Pouvons-nous voir le premier étage?

– C'est délicat, répondit Chankara. Ce sont les appartements privés de Sir Charles.

– C'étaient, rectifia Higgins. J'ai le pénible devoir de vous rappeler que Sir Charles est mort.

– En ce cas, puis-je me considérer comme délié de mon devoir d'interdire le premier étage aux visiteurs?

– Vous le pouvez. Conduisez-nous.

Trop heureux de sortir de la pièce à la piscine, le superintendant accepta de grimper un escalier plutôt raide qui menait à un univers qu'il considéra comme normal : salle de bains, cabinet de toilette, chambre à coucher, bureau. Ce dernier était particulièrement somptueux. Une banquette Régency, des fauteuils de cuir, un tapis iranien d'un rouge admirable, une table basse en marquetterie sur laquelle était posé un bouquet de fleurs séchées, un bureau chargé de livres, une cheminée en marbre. Y flambait toujours un feu de bois pour faire oublier l'humidité extérieure.

La paix régnant dans ce bureau des plus traditionnels rasséréna le superintendant. Sir Charles n'avait quand même pas oublié toutes les vertus de la vieille Angleterre.

Higgins nota la présence, dans une vitrine, de plusieurs jades archaïques, dont un disque percé, symbole du ciel, et des sangliers d'une exceptionnelle beauté. A côté, le plus admirable dos-d'âne que l'ex-inspecteur-chef, spécialiste de ce genre de meubles, ait eu l'occasion de contempler. Ce dos-d'âne, secrétaire en pente comportant de nombreux tiroirs, était un exemplaire parfait datant du milieu du XVIIIe siècle. Aucun placage, bien entendu, mais du chêne massif.

– J'aimerais voir le grenier, demanda Higgins.

Le visage noir de l'Hindou vira au gris. Cette fois, il perdait son sang-froid.

– Non... c'est hors de question.

– Pour quelle raison, monsieur Chankara?

– Rien n'est rangé. Il n'y a rien à voir.

– Montrez-moi immédiatement l'entrée de ce grenier, exigea Scott Marlow, heureux de prendre l'Hindou en défaut.

Chankara croisa les bras.

– Je n'ai pas le droit. Abandonnez votre idée, messieurs.

– Nous y passerons le temps nécessaire, annonça le superintendant, mais nous trouverons l'entrée de ce grenier. Souhaitez-vous être accusé de faire obstruction à la bonne marche de l'enquête?

L'Hindou jugea la menace assez sérieuse pour se rendre à la raison.

– Par ici.

On accédait au grenier par une échelle. Higgins grimpa lentement, Scott Marlow suivit avec peine. L'ex-inspecteur-chef poussa une porte grinçante et déboucha sur un palier poussiéreux. Il tira son collègue par le bras droit et l'aida à le rejoindre. Sans attendre les récriminations du superintendant qui considérait l'exercice physique comme un danger inutile, Higgins l'entraîna dans un étroit couloir qui déboucha sur une petite pièce éclairée par une bougie.

Assis devant un scriban, un homme d'une soixantaine d'années les regardait.

Le front et les tempes dégarnis, les yeux petits et très enfoncés dans leurs orbites, les joues molles, le menton pendant, le nez en trompette, l'homme était vêtu d'un pull-over à carreaux rouges et blancs et d'un pantalon de velours beige. Aux pieds, des mules. Il arborait un superbe nœud papillon à pois verts.

– Scotland Yard, je suppose?

– Superintendant Marlow et inspecteur Higgins. Qui êtes-vous?

– Michael Rolcomb. Il fallait bien que ça arrive un jour.

– De quoi parlez-vous?

– Je ne paie pas de loyer à Sir Charles depuis tant d'années... J'étais sûr qu'il finirait par porter plainte. Normal, jaloux de moi comme il est...

Higgins jeta un œil sur le réduit mal aéré et mal éclairé par une minuscule lucarne percée dans la toiture. Partout, des livres et des papiers, tous consacrés au théâtre.

– Vous... vous êtes enfermé ici? interrogea Scott Marlow, intrigué par cette nouvelle découverte.

– Enfermé? Bien sûr que non. J'approfondis mon métier. Pour cela, il faut le calme et le silence.

– Quel métier?

Michael Rolcomb se leva. Il était de taille moyenne, mais le plafond de bois était si bas qu'il le touchait presque.

– Le plus beau, le plus noble et le plus injustement méprisé des métiers : souffleur.

Rolcomb avait fait sa déclaration avec un maximum d'emphase.

– Certains croient qu'un souffleur se contente de lire les textes... Pas moi! Je les apprends par cœur. Tout Shakespeare, messieurs, sans une erreur! Mais cette perfection demande du travail et de la rigueur. Je répète chaque jour un acte entier.

Le souffleur joignit le geste à la parole, pointant l'index vers le ciel. Scott Marlow fut aussitôt persuadé d'avoir affaire à un nouveau dément.

– Sir Charles est mort, indiqua Higgins. Mort assassiné.

Michael Rolcomb se rassit, ébranlé.

– Mort... assassiné... Où? Comment?

– A Londres, d'un coup sur la tête, répondit l'ex-inspecteur-chef.

– Londres... J'y ai connu de grands succès! Mais personne ne le sait. Tout le monde croit que c'était Charles Williams, le génie. Mais il n'a pas beaucoup de mémoire. Sans moi, qu'aurait-il fait? Si je n'avais pas été là en permanence pour lui souffler les vers qu'il avait oubliés, il aurait été ridicule. J'ai tout appris à Charles : le ton, le sens de la réplique, l'attitude juste en scène. En moi, il avait le plus merveilleux des professeurs. Quel ingrat... Pourquoi ne l'a-t-il pas clamé au monde entier? Pourquoi?

Michael Rolcomb s'était enflammé. Son ardeur retomba brutalement. Il se tassa sur son siège.

– C'est injuste, trop injuste, gémit-il avec une

voix de vieillard. On n'admire que ces pantins d'acteurs qui sont sur le devant de la scène et on néglige le souffleur. Combien en ai-je vu paniquer, chercher de l'air, fouiller en vain dans leur mémoire! Je les tenais entre mes mains... Si j'avais voulu, je brisais leur carrière. Mais je suis un homme intègre. J'ai soufflé. Surtout pour Sir Charles. Ah! Il avait de l'allure et de la prestance, il plaisait au public... Mais quelles difficultés pour retenir un texte! Ces dernières années, ça s'améliorait un peu. Je le faisais répéter tous les jours, ici, dans ce grenier.

– Ne vous emmenait-il jamais en tournée?

Michael Rolcomb arbora un visage tragique.

– C'est moi qui fus contraint de refuser. Il me suppliait presque à genoux. Mais il y a mon cœur. Il est malade. Il ne bat plus que pour la beauté des textes de Shakespeare. Je ne peux plus me déplacer sous peine de passer de vie à trépas. C'est le lot tragique des plus grands. Je fais face à l'adversité. Charles pouvait se débrouiller tout seul... Avec la gloire que je lui ai construite, peu importait qu'il fût bon ou mauvais. Les gens sont des imbéciles. Ils applaudissent toujours une célébrité de peur de passer pour des idiots.

Higgins n'avait que peu de pas à faire pour découvrir la totalité de cet univers clos et étouffant. Il n'y avait même pas de lit. Le souffleur devait dormir sur sa chaise, la tête calée par *Hamlet* ou *Richard III*. Chaque pièce de théâtre était annotée de sa main.

– Connaissez-vous cette réplique admirable? demanda Higgins :

« Une existence isolée et particulière est tenue de se couvrir de toute la puissante... »

– « ... armure de l'âme contre le malheur,

reprit Michael Rolcomb; à plus forte raison, une vie au souffle de laquelle sont suspendues et liées tant d'existences ». *Hamlet*, Acte III, Scène III. Vous déclamez mal, inspecteur, mais vous citez bien.

Scott Marlow n'avait pas lu le grand Will en détail, mais il l'admirait comme un pilier de la morale britannique, même si certaines scènes, à son avis, eussent dû être censurées.

– Vous connaissiez bien Sir Charles, monsieur Rolcomb.

– Sans doute mieux que lui-même!

Le souffleur avait de nouveau pris une attitude dramatique. Visiblement satisfait de sa réplique, il cassa le buste, se pencha en avant et prit un miroir sous une pile de livres. Il l'utilisa pour réajuster son nœud papillon qui s'était légèrement incliné à droite.

– Charles a eu de la chance, continua le souffleur. Beaucoup de chance. Il a eu du succès très jeune. Trop jeune. Toujours cette fameuse prestance. Avec ses yeux gris-bleu et son vaste front, il plaisait beaucoup aux femmes.

– Pourtant, intervint Scott Marlow, la rumeur prétend que lui ne les aimait pas beaucoup.

Michael Rolcomb se mit en colère.

– Laissez la rumeur où elle est! La vérité, c'est moi qui la détiens, personne d'autre!

Higgins souhaita intérieurement que le souffleur eût raison. En ce cas, l'enquête serait vite achevée.

– Où a-t-il rencontré son ex-femme? interrogea l'ex-inspecteur-chef.

– Lady Ruth? A Londres. Dans un salon. Charles était un mondain. Il amadouait les journalistes, les critiques, les directeurs de théâtre. Il était plus brillant derrière la scène que sur les planches. Au moment crucial, quand il fallait passer les feux de la rampe, j'étais là... Alors, tout le monde a cru qu'il avait du génie. Et il est devenu le plus grand acteur shakespearien du siècle.

– Pourquoi a-t-il divorcé?

– Je ne me mêle pas des histoires de couple.

– Connaissez-vous Dorabella Fenwick?

– Non.

– Une jeune actrice aux cheveux blonds, très jolie. N'est-elle jamais venue ici?

– Jamais vu cette personne, affirma Michael Rolcomb. Je ne m'occupe pas des visiteurs de Charles. Je ne suis pas un mondain.

– Y en avait-il beaucoup?

– Aucune idée.

– Puis-je monter sur cette pile de dossiers?

Le souffleur ouvrit des yeux intrigués.

– Ce sont de vieux programmes. Ils ne risquent rien. Mais pourquoi?

L'ex-inspecteur-chef s'exécuta.

Il avait atteint la hauteur suffisante pour ouvrir la minuscule lucarne, sans dégager un gramme de poussière, et passer la tête afin de découvrir l'angoissant paysage.

De là, on apercevait une partie du domaine. On voyait la véranda victorienne, l'allée menant au perron, le mur d'enceinte. A cause de la pluie battante, Higgins ne put prolonger son observation.

– A votre avis, monsieur Rolcomb, qui a tué Sir Charles?

Le souffleur prit du temps pour répondre.

– A mon avis...

Soudain, une lueur d'affolement emplit son regard. Il ne s'intéressait plus aux deux policiers.

Higgins se retourna pour voir ce que fixait le souffleur. Chankara venait d'apparaître à l'extrémité du couloir menant au réduit habité par Michael Rolcomb.

– Je vous ai préparé du thé, annonça le domestique hindou.

[illegible]
[illegible]
[illegible]
[illegible]
[illegible]

[illegible]
[illegible]

CHAPITRE VII

– Cela peut attendre, mon ami.

Chankara s'inclina et disparut.

Higgins s'occupa à nouveau du souffleur.

– Avez-vous réfléchi?

– Je n'ai aucune hypothèse à proposer, dit Michael Rolcomb d'une voix légèrement tremblante. Maintenant, laissez-moi tranquille. J'ai beaucoup de travail.

– Ça ne va pas se passer comme ça, annonça Scott Marlow, furibond. Nous allons mettre cet Hindou sur le grill.

Avec une rare énergie, le superintendant descendit l'échelle. Higgins le suivit avec davantage de calme. Il avait recueilli un certain nombre de renseignements intéressants auprès de l'étrange Michael Rolcomb. Le revoir serait cependant indispensable.

Chankara ne se cachait pas.

Devant la piscine, il avait préparé du thé et des scones.

– Du Darjeeling premier choix, expliqua-t-il.

– Je n'ai pas envie de boire du thé! indiqua Scott Marlow dont Higgins approuva intérieurement la détermination. Vous avez opéré une tentative d'intimidation sur M. Rolcomb. Vous refusez de répondre à mes questions. Cette petite comédie doit cesser.

Chankara demeura fort calme.

– Une tentative d'intimidation? Je ne comprends pas, superintendant.

– Ne jouez pas au plus fin avec moi! Pourquoi cachez-vous cet homme?

Chankara, vexé, haussa le menton.

– J'obéissais aux ordres de Sir Charles.

– Combien de fois faudra-t-il vous répéter que votre patron est mort? Ses consignes ont disparu avec lui!

– De mon point de vue, non, estima le domestique hindou. Je n'ai pas été remercié! J'attends donc l'héritier de mon maître.

Scott Marlow chercha vainement une réplique pour contredire son interlocuteur. Higgins examinait le bric-à-brac entassé par Sir Charles. Les objets n'étaient que des souvenirs de voyage pour touriste, sans aucune qualité artistique ni valeur marchande. Il est vrai que, d'après le témoignage de Chankara, le comédien s'en emparait et les jetait çà et là en répétant ses rôles.

– Je répète ma question, insista le superintendant. Pourquoi cachiez-vous M. Rolcomb et quelle influence exercez-vous sur lui?

– Je ne cachais pas ce monsieur, répondit l'Hindou avec une tranquille assurance, et je n'exerce aucune influence sur lui. M. Rolcomb est un ami d'enfance de Sir Charles. Je ne suis qu'un domestique.

– Osez-vous affirmer que vous n'empêchez pas M. Rolcomb de descendre de ce grenier? Vous le séquestrez!

– M. Rolcomb a choisi lui-même son mode

d'existence en accord avec Sir Charles. Ce monde n'est qu'illusion, superintendant. Chacun adopte sa manière de se perdre dans cette illusion, et chacun doit respecter le choix d'autrui, car le voile de Dieu ne peut être soulevé par l'homme.

– Pas tout entier, rectifia Higgins, examinant une grossière imitation d'une statuette du dieu Vishnou. Si l'homme soulève un coin du voile, Dieu se chargera des trois autres. N'est-ce pas l'enseignement que vous avez reçu?

Chankara se drapa dans sa dignité.

– Si vous aviez quelque estime pour votre maître disparu, avança l'ex-inspecteur-chef, vous devriez nous aider. Je suis persuadé que vous n'avez pas été complètement surpris par son assassinat, Sir Charles courait un danger. Ce danger, vous le connaissez.

Chankara pratiqua, avec beaucoup de discrétion, un exercice de respiration enseigné par les yogis. Higgins l'avait vu tant de fois pratiqué aux Indes qu'il l'identifia du coin de l'œil.

– Je ne suis qu'un domestique, répéta l'Hindou. Se tenir à sa place est le commencement de la sagesse.

– De quoi parliez-vous avec M. Rolcomb? demanda Scott Marlow. Avez-vous eu des dissensions?

– Nous n'avons jamais échangé le moindre mot, affirma Chankara. M. Rolcomb vit dans son monde, moi dans le mien.

– Et vous voulez nous faire croire une chose pareille?

– Croyez ce que vous voulez, superintendant. Vos croyances façonnent le paysage dans lequel vous vous mouvez. Je n'y puis rien.

Scott Marlow baissa les bras. Ce genre de

personnage le désarmait. Il relevait davantage d'un psychiatre que d'un superintendant du Yard.

Higgins s'était emparé d'un quinquet, une lampe à huile à double courant d'air, dont la mèche était nettement plus basse que le réservoir.

– De la discussion jaillit la lumière, dit un proverbe. La nôtre ne dissipe pourtant pas le mystère entourant la mort de Sir Charles. Peut-être devrais-je allumer ce quinquet, monsieur Chankara. Mais quelle lumière en jaillirait-il? Une fausse ou une vraie?

– La lumière des hommes est-elle autre chose qu'une ombre, inspecteur?

Higgins posa le quinquet sur une stèle de faux marbre se voulant égyptienne.

– Le temps n'est pas encore venu de faire toute la lumière sur cette affaire, conclut-il. J'ai une conviction, monsieur Chankara, qui a guidé ma carrière : l'âme d'une victime ne peut connaître le repos tant que son assassin n'a pas été identifié.

– Cette conviction me paraît digne d'estime.

– Merci de votre confiance, monsieur Chankara. Je ne connais pas encore très bien Sir Charles, mais je n'admets pas qu'un être maléfique et pervers ait tenté de berner Scotland Yard.

L'ex-inspecteur-chef jeta un œil par la fenêtre. La nuit tombait et la pluie redoublait.

– Il est plus prudent de dormir ici, estima-t-il. Je requiers votre hospitalité.

– Dans l'attente du successeur de mon maître, je n'ai qu'à obéir à l'autorité en place. Commandez, j'exécuterai.

– Le superintendant Marlow et moi-même comptons nous installer ici pour quelque temps, révéla Higgins. Il n'y a pas de meilleur quartier général pour mener notre enquête.

Le superintendant aurait aimé protester mais le regard impérieux de Higgins le dissuada d'intervenir.

– J'aménage les chambres d'amis, indiqua Chankara.

– Une seule, ordonna Higgins. Je dormirai dans celle de Sir Charles.

– Higgins, dit Scott Marlow, vous ne croyez pas...

– Les morts parlent parfois pendant notre sommeil, superintendant. Il faut être sur leur territoire pour les entendre.

***

Scott Marlow passa une nuit épouvantable. Plusieurs fois réveillé par les hurlements du vent, les grincements des boiseries, les cris d'oiseaux nocturnes, il se leva perclus de douleur. Un froid intense régnait dans la chambre d'amis. Pas d'eau chaude. Après avoir procédé à une toilette sommaire, il s'habilla en claquant des dents puis descendit au rez-de-chaussée.

Higgins était attablé devant un solide petit déjeuner préparé par Chankara : œufs brouillés, toasts, bacon, marmelade, petites saucisses, tomates et café. L'ex-inspecteur-chef accueillit son collègue avec chaleur.

– Venez reprendre des forces, mon cher Marlow. Nous en aurons besoin. Tout ceci est excellent. M. Chankara est un parfait cuisinier. Avez-vous bien dormi?

– Une nuit atroce. Cet endroit ne me convient pas.

– Rassurez-vous, nous partons pour Londres dans un quart d'heure.

– Mais vous avez dit à cet Hindou...

– M. Chankara a bien précisé qu'il était un domestique et qu'il n'avait pas à être tenu au courant des décisions de son patron. Pourquoi l'informerais-je du plan conçu par le Yard pour découvrir l'assassin de Sir Charles?

*
**

Les routes anglaises sont entretenues à la perfection. Etroites, longeant des champs ou des propriétés closes de murs, de barrières ou de fils de fer plus ou moins barbelés, elles présentent un inconvénient relativement gênant : le nombre de tournants. Ils ne sont pas dus à des sols présentant des difficultés particulières, mais à la volonté de respecter la nature. Aussi le tracé d'une route doit-il contourner tout ce qui est contournable, monument ancien, arbre âgé, extrémité d'une propriété, lavoir même abandonné... Scott Marlow tournait et tournait encore le volant de la vieille Bentley pour négocier, sous la pluie, un nombre incalculable de virages. Cet exercice trop matinal rendait sa digestion difficile.

– Quel est votre fameux plan, Higgins?

– Il me paraît nécessaire d'avoir un entretien avec l'ex-femme de Sir Charles. Ensuite, nous reviendrons à Shakespeares' Lodge. M. Chankara et Rolcomb sont restés trop discrets. Ils ont encore beaucoup de choses à nous dire.

– Ne pensez-vous pas qu'une bonne arrestation...

– Croyez-vous enfin à l'assassinat de Sir Charles, mon cher Marlow?

– Trop tôt pour se prononcer. Je vous préviens : Lady Ruth n'est pas une femme facile. Les échotiers ont souvent parlé de son tempérament de feu.

– Remariée?

– Oui, avec Antony Cormack, un joueur de golf richissime. L'ancienne épouse de Sir Charles a gardé son nom de jeune fille : Fynemore. Je vous souhaite bien du plaisir.

– Vous *nous* souhaitez, superintendant. Votre présence est indispensable.

*
**

Antony Cormack et son épouse habitaient un hôtel particulier sis dans une voie privée donnant dans Albany Street, tout près de Regent's Park. Un policier en uniforme veillait sur la tranquillité des grosses fortunes sommeillant dans cette petite artère, un peu à l'écart des bruits de la grande cité.

Devant la porte de l'hôtel particulier au style vaguement orientalisant, une Rolls Royce. Au volant, un chauffeur prêt à démarrer sur l'injonction de la remuante Lady Ruth, passionnée de shopping et de thés mondains.

Un valet de pied en jaquette, portant un haut de forme, accueillit les deux policiers.

– Qui dois-je annoncer, messieurs?

– Scotland Yard, répondit Higgins.

– Je ne sais pas si Madame...

– Nous verrons bien, mon ami. Faites votre devoir.

Avec une hésitation dans la démarche, prouvant qu'il avait peu d'expérience, le valet de pied s'acquitta de sa tâche. Quelques instants plus tard, il revint chercher les deux policiers et les conduisit jusqu'à une pelouse où un bel homme, d'une quarantaine d'années, bronzé, le torse large et les jambes solides, répétait des mouvements de golf.

Dès qu'il aperçut ses visiteurs, il posa son club et se dirigea vers eux.

– Monsieur Antony Cormack, je présume? avança Higgins.

– Lui-même. Ainsi, vous êtes Scotland Yard... Mais à quoi suis-je donc mêlé?

Un voile d'inquiétude masquait la jovialité apparente du personnage. « Personnage » était d'ailleurs le mot qui vint immédiatement à l'esprit de Higgins pour décrire Antony Cormack. Rien ne semblait naturel dans son attitude. On sentait l'effort permanent accompli par ce sportif pour paraître ce qu'il n'était pas et ne serait jamais, un membre de l'aristocratie britannique. Sur le trajet, Scott Marlow avait rappelé à Higgins que la presse avait beaucoup ironisé sur le mariage d'un champion de golf et d'une authentique Lady. Certes, l'Angleterre appréciait le sport de haut niveau et le golf en particulier. Mais la petite balle blanche, les plus belles coupes et des millions de dollars ne pouvaient quand même pas remplacer des quartiers de noblesse.

Surtout lorsque le champion en question était affecté d'un défaut irrémédiable : être né aux Etats-Unis.

L'inviter dans les réceptions les plus huppées constituait toujours un risque, même si Lady Ruth lui avait appris à se taire et à ne pas bouger.

– Vous n'êtes pas directement concerné par notre visite, dit Higgins, bonhomme. Nous aimerions voir votre épouse quelques instants.

– Ruth? A quel propos?

– La disparition de son ex-mari.

Antony Cormack gratta l'important grain de beauté qui ornait, de manière malencontreuse, sa joue gauche.

– Ah! Sir Charles... Elle a été très ébranlée par sa disparition. Je ne sais pas si... et puis elle a un vernissage dans moins d'une heure. Ce n'est peut-être pas le moment...

– Scotland Yard n'a pas de moment privilégié, déclara Scott Marlow avec une belle assurance. Si voir Lady Ruth chez elle est impossible, faudra-t-il que je la convoque à mon bureau?

Higgins fut surpris de la détermination de son collègue. D'ordinaire, il évitait tout contact avec l'aristocratie, de crainte de froisser indirectement l'un des membres de la famille royale. Sans doute Lady Ruth Fynemore n'avait-elle aucun lien avec cette dernière.

Le champion de golf tendit les deux bras devant lui, comme pour repousser deux démons.

– D'accord, d'accord. Ne nous énervons pas... Je vais la chercher. Mais traitez-la avec ménagement, surtout... c'est une personne très susceptible et...

Antony Cormack, pétrifié, resta la bouche ouverte, contemplant la belle femme brune qui venait d'apparaître sur le perron de l'hôtel particulier.

– Pourrais-tu cesser de faire le clown, Antony, demanda Lady Ruth Fynemore d'une voix glaciale.

CHAPITRE VIII

Lady Ruth, la cinquantaine flamboyante, ne devait pas passer inaperçue dans les cocktails, les réceptions, les dîners et les vernissages. Ses longs cheveux noirs, remontés en un chignon compliqué à ailettes, contrastaient avec la blancheur d'un visage suprêmement élégant. Une expression de dédain était inscrite sur les lèvres maquillées d'un rouge vif. Le cou, très long, donnait à l'aristocrate une apparente fragilité. Une nuance de pêche, due à un fard spécialement préparé pour Lady Ruth, faisait ressortir des pommettes légèrement saillantes. Mais ce qu'on remarquait le plus, c'était l'incroyable robe qu'elle osait porter. Une création d'un grand couturier qui avait joué avec l'ange et le démon, le satin et le velours. Devant, c'était le domaine de l'ange : un col carré très sage, des formes classiques. Derrière, celui du démon : le décolleté, réellement vertigineux, laissait le dos découvert jusqu'à la naissance des reins soulignée par une bordure de roses en satin. Marcher sans que la robe ne tombât relevait de l'exploit. Mais Lady Ruth semblait avoir une longue expérience de ce genre de toilettes. Elle descendit sans hésiter les marches du perron, des éclairs de colère dans ses yeux d'un vert profond.

– Qui sont ces messieurs?

– Scotland Yard, avoua Antony Cormack, comme s'il confessait un péché presque impardonnable.

– Mon mari aurait-il commis... une bévue?

– Pas à notre connaissance, indiqua Higgins. C'est vous que le superintendant Marlow et moi-même désirons voir.

– A quel sujet?

– Sir Charles Williams.

Lady Ruth Fynemore eut un sourire parfaitement dédaigneux qui la rendit encore plus belle aux yeux de Scott Marlow, complètement subjugué par l'aristocrate.

– Sir Charles Williams, répéta-t-elle, séparant bien les mots. J'avais un vernissage ennuyeux... Après tout, ça m'amuse. Vous souhaitez parler de lui? Eh bien, parlons-en! Suivez-moi. Vous, Anthony, entraînez-vous sérieusement. Votre dernière compétition a été lamentable. Que ça ne se reproduise pas. J'ai épousé un champion, pas un second rôle.

Antony Cormack retourna, sans protester, vers son club de golf. Lady Ruth accueillit les deux policiers dans un salon d'un goût parfait : bibliothèque en acajou, tables rondes en acajou, fauteuils et canapés de cuir sombre, plafond armorié, éclairage discret dispensé par des lustres en cristal.

Scott Marlow, en état second, se laissa tomber dans un fauteuil sans quitter des yeux la fascinante Lady.

– Charles n'est pas ressuscité, j'espère?

– Non, répondit Higgins, qui avait sorti crayon et carnet noir.

– Alors, vous venez me parler de l'héritage que je dois toucher. Pourquoi tant d'atermoiements?

– Ce n'est pas notre problème, indiqua Higgins. Du moins pas encore.

Lady Ruth défia l'ex-inspecteur-chef d'un regard glacial. A sa grande surprise, celui-ci ne baissa pas les yeux. Pourtant, elle avait l'habitude de mater rapidement les hommes, fussent-ils policiers. Celui-là devait être d'une trempe particulière.

– Je ne crois pas avoir entendu votre nom.

– Higgins.

– Formulez-vous une menace concernant mes droits à l'héritage?

– J'aimerais simplement vous entendre parler de votre ex-mari.

– Pourquoi? Disposeriez-vous d'éléments nouveaux sur son décès?

– Exactement.

– Des éléments qui vous amèneraient à penser que sa mort n'est pas... tout à fait naturelle?

– Exactement.

– Grotesque! s'exclama Lady Ruth. Charles était un ivrogne invétéré. Il a absorbé une trop forte dose d'alcool et son cœur a cédé. N'allez pas chercher plus loin.

– C'est bien mon avis, déclara timidement Scott Marlow, mais nous devons vérifier...

– Vérifier quoi! Scotland Yard passe-t-il son temps à vérifier le bien-fondé de toutes les crises cardiaques du Royaume-Uni? L'évidence ne vous suffit-elle pas?

– Je me méfie toujours de l'évidence, indiqua

Higgins avec le plus grand calme. Elle est le plus habile camouflage du crime.

Les yeux d'un vert profond vacillèrent un instant.

– Du crime? Vous ne supposez quand même pas que...

– Si, Lady Ruth. Divers indices nous invitent à penser que votre ex-mari a été assassiné. J'ai besoin de mieux le connaître pour suivre une piste correcte. Qui serait mieux placé que vous pour m'aider?

Soucieuse, Lady Ruth fit quelques pas, pour le plus grand plaisir du superintendant. Certes, elle ne pouvait rivaliser dans son cœur avec la reine Elisabeth II, mais elle était bien agréable à regarder. Et quelle classe! Sa robe ne bougeait pas d'un pouce.

– Mon ex-mari était un monstre de vanité, dit-elle avec agressivité. Seule sa carrière comptait. Le reste n'avait aucune importance. J'ai épousé Hamlet, la dynastie des Richard, Othello... pas Charles Williams. J'ai vécu avec un acteur aux mille visages, pas avec un homme. Il me considérait comme un simple objet, agréable à montrer. Je le valorisais. Moi qui ai abandonné ma carrière de comédienne pour lui faire plaisir! J'aurais pu jouer les plus grands rôles du répertoire, acquérir la gloire, être plus connue que lui... Mais je l'aimais. Je me suis sacrifiée. Quand je lui ai demandé de revenir sur scène, il a sèchement refusé. « Ce n'est pas la place de la femme d'un homme public... » J'entends encore ses paroles! J'ai insisté, je me suis mise en colère. Il m'a giflée. Quand je lui ai annoncé que je le quittais, il ne m'a pas crue. Sir Charles n'avait jamais connu d'échec! L'amour a cédé la place à la haine.

– Il buvait, disiez-vous.

– Si vous connaissiez sa cave à Shakespeares' Lodge...

– Je la connais.

Lady Ruth sursauta. De la main droite, elle empêcha sa robe de glisser sur l'épaule.

– Etes-vous déjà allé là-bas?

– En effet. Nous y avons même rencontré deux personnages plutôt curieux.

– Je vois... cet insupportable domestique hindou et ce vieux fou de Rolcomb. Un voyage pour rien. Il n'y a rien à découvrir là-bas.

– Laissez-nous juger, recommanda Higgins. Chankara nous a indiqué que vous continuiez à vous rendre une fois par mois à Shakespeares' Lodge, malgré la haine que vous éprouviez pour votre ex-mari.

– C'est faux! Complètement faux! Cet Hindou invente n'importe quoi pour me compromettre.

Higgins arborait un léger sourire qui décupla la rage de l'aristocrate.

– Oseriez-vous mettre ma parole en doute?

– Bien sûr que non, intervint Scott Marlow. Je ne vous cache pas que cet Hindou nous déplaît beaucoup et que nous l'interrogerons à nouveau.

La moue méprisante de Lady Ruth se fit moins sévère.

– Il est heureux que le Yard ne soit pas peuplé d'irresponsables, commenta-t-elle.

– Vous ne semblez guère aimer M. Chankara, apprécia Higgins. Avez-vous remarqué quelque anomalie dans son comportement?

Les lèvres rouges devinrent dédaigneuses.

– Une femme de ma condition ne s'intéresse

pas aux faits et gestes d'un domestique, inspecteur.

– Et à ceux d'un souffleur?

– Pas davantage. Michael Rolcomb est un pauvre homme, un raté obligé de devenir souffleur parce qu'il était incapable de jouer correctement un rôle sur scène. Il servait de souffre-douleur à Charles.

– Vos indications ne correspondant pas à ses déclarations. D'après lui, il était une sorte de maître pour Sir Charles. Il lui avait appris le métier d'acteur et continuait à lui faire répéter sans cesse ses rôles.

Lady Ruth éclata de rire. Un rire puissant et narquois.

– Si tous les enquêteurs du Yard sont aussi crédules que vous, ironisa-t-elle, la police ne doit pas identifier beaucoup de criminels! Ce malheureux souffleur a déjà du mal à lire un texte et à articuler... le théâtre lui fait peur. Je ne comprends pas pourquoi Charles l'a recueilli. Il ne nous gênait pas beaucoup, notez bien... il ne sortait jamais de son grenier.

– Comment s'entend-il avec Chankara? demanda le superintendant.

Lady Ruth fusilla Scott Marlow du regard.

– Je vous ai dit qu'une femme de ma condition ne s'intéressait pas aux histoires des petites gens.

Le superintendant regretta sa gaffe.

– Me permettez-vous de vous poser une question très personnelle? interrogea Higgins.

L'aristocrate se campa devant l'ex-inspecteur-chef.

– Essayez toujours.

– Quelle est la cause exacte de votre divorce?

– Je vous l'ai indiquée, il me semble.

– Pas vraiment... Vous viviez dans un climat difficile depuis plusieurs années. Pourquoi une décision brutale? Un fait précis ne l'aurait-il pas provoquée?

Lady Ruth hésita. Patient, Higgins assista à la tempête qui se déroulait dans le crâne de la belle aristocrate.

– Charles n'aimait pas les femmes. Je m'en suis rendu compte un peu tard. Longtemps, j'ai espéré que ce travers disparaîtrait avec l'âge. Au contraire, son vice s'est aggravé. Tellement aggravé que nous vivions séparés sous le même toit. La situation est devenue insupportable. J'ai préféré m'en aller.

– Merci de votre sincérité, Lady Ruth. Puis-je me permettre d'être plus indiscret encore?

– De quelle manière?

– Connaissiez-vous une ou plusieurs liaisons de votre mari?

L'aristocrate se détourna, mécontente, et alla s'asseoir loin de Higgins.

– Pour qui me prenez-vous? Les ignorer complètement est, pour moi, une obligation morale.

– Je le comprends, approuva l'ex-inspecteur-chef, mais il y a un fait curieux...

– Lequel?

– Connaissez-vous une certaine Dorabella Fenwick? C'est une jeune actrice blonde, élève de votre mari.

– Non... Charles avait créé une école qui accueillait des dizaines de jeunes. En quoi cette demoiselle se distinguait-elle des autres?

– Elle aimait beaucoup Sir Charles, elle l'admirait. Il la considérait comme sa fille. Elle affirme qu'il avait rédigé un testament en sa faveur. Malheureusement pour elle, votre ex-mari ne l'a pas remis à son notaire. Le document aurait donc disparu. D'après Mlle Fenwick, l'assassinat de Sir Charles serait lié au vol de ce testament.

Lady Ruth Fynemore se leva, rageuse.

– Cette histoire est complètement absurde! Charles n'était pas homme à se préoccuper d'un testament. Pour lui, seul comptait le moment présent. Je suis persuadée que cette fille a inventé une fable pour obtenir de l'argent. Encore une de ces petites ambitieuses sans talent qui sont prêtes à n'importe quel mauvais coup!

– Possible, estima Higgins.

– Certain, affirma Scott Marlow, tentant de rentrer dans les bonnes grâces de Lady Ruth.

Cette dernière s'empara avec vivacité d'un grand chapeau blanc à larges bords.

– Je vais quand même me rendre à ce vernissage. Je crois, messieurs, que nous n'avons plus rien à nous dire.

***

Club de golf à la main, Antony Cormack intercepta les deux policiers avant qu'ils ne franchissent le seuil de l'hôtel particulier.

– Elle est bien partie?

– A l'instant, répondit Higgins.

– Ouf... quelques instants de répit. Je peux vous offrir un verre?

– Pour un champion, objecta le superintendant, l'alcool devrait être fortement déconseillé.

– Je n'ai droit qu'au jus d'orange. Ruth est inflexible : grillades, salade verte, neuf heures de sommeil, trois heures de gymnastique quotidienne. Je n'ai jamais eu un entraîneur aussi dur.

Elle n'a pas tort... pour rester au sommet, il faut être inflexible avec soi-même.

– Ce ne doit pas être drôle tous les jours, estima Higgins.

– Merci de me comprendre. Par moments, j'imagine ce qu'a enduré Sir Charles. Pour lui non plus, ça n'a pas dû être drôle tous les jours.

Comment un homme aussi trivial que ce Cormack pouvait-il parler avec autant de désinvolture d'une femme aussi merveilleuse? Scott Marlow, qui avait des préventions contre les sportifs, se trouvait conforté dans son opinion.

– Excusez-moi, messieurs... On ne devrait pas se laisser aller comme ça. Je retourne m'entraîner.

***

Scott Marlow manifesta le désir de passer à son bureau. De nouveaux dossiers avaient dû s'accumuler sur la pile des urgences.

Par bonheur, Higgins ne s'y opposa pas.

– Quel grossier personnage, commenta le superintendant. Pourquoi Lady Ruth a-t-elle épousé ce rustre?

– Les chemins du cœur sont mystérieux, mon cher Marlow.

– Ce n'est pas une histoire de cœur, Higgins. Il y a peut-être un chantage là-dessous.

– Ou de simples préoccupations financières, superintendant. Lady Ruth aime la richesse. En se séparant d'un homme célèbre, elle était contrainte de refaire sa vie avec un autre homme célèbre.

– Je me demande...

Scott Marlow semblait soucieux.

– Une autre hypothèse, superintendant? Parlez franc.

– Je me demande si ce golfeur ne joue pas la comédie. Il fait semblant d'être un petit garçon obéissant, impressionné par sa femme, se pliant à ses directives au doigt et à l'œil. Cela cadre mal avec la personnalité d'un grand champion.

– La nature humaine est parfois bien contradictoire. Pourquoi Antony Cormack se comporterait-il de cette manière?

– Je n'en sais rien. On pourrait faire une investigation plus approfondie si...

– Si?

– Si nous étions sûrs que Sir Charles a bien été assassiné.

– En doutez-vous encore?

– Nous n'avons rien de tangible. Il y a des ombres, bien sûr, mais rien ne s'oppose encore de manière définitive à la thèse de la mort naturelle.

Higgins hocha la tête, dubitatif.

– A ce stade de l'enquête, aucune piste ne doit être éliminée.

– Faut-il vraiment retourner à Shakespeares' Lodge?

– Je le crains, mon cher Marlow. Mais pas avant demain.

– Que comptez-vous faire, d'ici là?

Marlow connaissait l'obstination de l'ex-inspecteur-chef. Il craignait des initiatives qui pourrait sortir du sentier de la légalité.

– Une promenade du côté de Hyde Park. Voici bien longtemps que je n'ai plus fréquenté ce quartier.

– Higgins... Vous ne m'aviez pas parlé de cette

Dorabella Fenwick et de la fable qu'elle avait inventée. A-t-elle une importance, à vos yeux?

– L'avenir le dira, superintendant. A demain.

Higgins pouvait difficilement avouer à son collègue qu'il se rendait précisément chez Dorabella Fenwick pour demander quelques explications complémentaires à la jeune femme.

CHAPITRE IX

Dorabella Fenwick n'était pas un nom inventé. Elle habitait dans Upper Brook Street, une petite rue de Hyde Park. Seize heures était un moment correct pour rendre visite à une relation, même lointaine. L'immeuble où habitait l'actrice était plutôt coquet.

Dorabella Fenwick résidait au second étage. Elle ouvrit elle-même la porte.

– Inspecteur! Quelle bonne surprise... Avez-vous retrouvé mon testament?

– Pas encore, mademoiselle. M'accordez-vous l'autorisation de bavarder quelques minutes avec vous?

Dorabella Fenwick portait une robe rose très courte, laissant les épaules nues. Son joli visage exprima un profond dépit.

– Si vous voulez. Vous n'avez vraiment aucune piste?

– Je ne suis pas aussi pessimiste. Mais je n'ai pas le droit de vous donner de faux espoirs.

– Entrez donc.

L'appartement de Dorabella Fenwick sacrifiait à la modernité. Des meubles laqués noirs, de grandes glaces, des plantes vertes touchant le plafond et de fausses potiches chinoises.

– Inspecteur, je... je ne suis pas seule.

– Je peux revenir, mademoiselle.

– Ce n'est pas nécessaire. J'aimerais vous présenter mon ami. John? Veux-tu venir?

Un homme blond, élégant, d'une trentaine d'années, salua timidement l'ex-inspecteur-chef. Son costume gris était fort ordinaire. La seule fantaisie provenait d'un foulard bariolé.

– John Baker. Enchanté.

– Chéri, je te présente l'inspecteur Higgins, de Scotland Yard. Il va m'aider à devenir riche.

– Travaillez-vous aussi dans le domaine artistique, monsieur Baker?

– Je suis comédien. Je n'ai pas le talent de Dorabella, mais nous nous entraidons. Ce métier est si difficile... Il vaut mieux ne pas être seul.

Le visage du jeune homme était à la fois rieur et romantique. Une mèche blonde tombait négligemment sur son front. Dorabella et lui formaient un très beau couple.

– Tu es trop modeste, amour. Tes emplois de jeune premier t'ont procuré de beaux succès.

– Dans des théâtres de province et dans des pièces secondaires...

– Beaucoup t'envient ces rôles-là, John. Ta carrière est beaucoup plus remplie que la mienne. Tu es aux portes de la gloire, mon chéri.

Le jeune premier prit les mains de sa fiancée.

– Grâce à toi, Dorabella.

– Grâce à ton propre talent, John.

La jeune femme se tourna vers Higgins.

– Pardonnez-nous, inspecteur. Vous nous trouvez sans doute ridicules. Mais nous n'habitons ensemble que depuis une quinzaine de jours. Pour nous, c'est le bonheur. Nous attendions cet instant depuis des mois. Avec nos économies, nous avons pu louer ce petit appartement. Notre logeuse est une passionnée de théâtre... elle nous a fait un prix d'amis. Si, en plus, il y avait cet héritage...

– Connaissiez-vous Sir Charles Williams? demanda Higgins au jeune homme.

– Je l'ai vu jouer Shakespeare. C'était un acteur extraordinaire, un génie. Malheureusement, il est inimitable. En l'admirant, j'ai perçu mes limites, comme mes meilleurs camarades.

– N'avez-vous pas eu l'occasion de le rencontrer en privé?

– Hélas, non. Ce n'était pas un homme facile à approcher. Sauf pour ses élèves favoris qui étaient en très petit nombre.

John Baker eut un regard envieux et tendre à la fois envers Dorabella Fenwick.

– J'aimerais vous parler en particulier, mademoiselle Fenwick, pria Higgins.

– Bien sûr. Allons dans la chambre.

Elle embrassa John Baker sur la joue et introduisit Higgins dans une petite pièce qui servait à la fois de chambre et de bibliothèque. Un grand lit bas et des rayonnages de livres en formaient le sobre décor. Higgins posa son regard sur les ouvrages : des pièces de théâtre, des essais sur l'art du comédien, des livres de médecine, des recueils de poésie.

Dorabella Fenwick s'assit avec grâce sur le rebord du lit, laissant l'unique chaise à Higgins.

– J'espère que vous n'êtes pas choqué, inspecteur. Autrefois, les jeunes gens ne vivaient pas ensemble avant le mariage.

– C'était autrefois, mademoiselle, et je ne suis

pas certain que cette coutume ait toujours été respectée.

La jeune femme sourit.

– Je voudrais vous faire entendre un enregistrement, inspecteur. Je crois qu'il vous intéressera.

Dorabella Fenwick mit en marche un magnétophone. S'élevèrent deux voix : l'une, grave et mélodieuse, l'autre, aiguë et fruitée.

– C'est Sir Charles, expliqua la comédienne. Il me fait répéter une scène du *Songe d'une nuit d'été*. Il m'apprend à jouer et à parler.

Higgins écouta avec attention, dédaignant le texte de Shakespeare pour s'attacher à la personnalité des deux comédiens telle qu'elle ressortait de ce témoignage. Sir Charles était envoûtant. Il avait de nombreuses mélodies dans la voix, savait changer de registre, jouait de cet instrument naturel avec une extraordinaire habileté. Dorabella était rapide, pétillante, enjouée. La joie qu'elle prenait à dialoguer avec Sir Charles palliait l'inexpérience.

– Voilà mon plus bel héritage, dit-elle. Sir Charles m'a appris mon métier. Il m'a appris à être heureuse sur scène. C'était un homme bon et généreux. Vous ne devez pas laisser courir son assassin.

– Loin de moi cette intention, assura Higgins. Connaissez-vous son ex-femme, Lady Ruth Fynemore?

– Non.

– Vous en a-t-il parlé?

– Non, jamais.

– Etes-vous déjà allée à Shakespeares' Lodge, la propriété de Sir Charles?

– Non... Nous nous sommes toujours rencontrés à Londres.

– Par conséquent, vous ignorez l'existence de Chankara et de Michael Rolcomb.

– Non. Sir Charles m'a parlé de ces deux hommes.

– En quels termes?

– Il les aimait bien tous les deux. Chankara lui apparaissait comme un serviteur fidèle et dévoué. Michael Rolcomb comme un pauvre homme dont l'existence avait été une longue suite de misères.

– Vous a-t-il dit d'où venait Chankara?

– Des Indes. Il donnait une représentation à Dehli. Chankara jouait un rôle de figurant. Il l'a emmené en Angleterre. Il paraît que cet Hindou est un homme très religieux.

– N'a-t-il émis aucune critique à son égard?

– Aucune.

– Et pas davantage à l'encontre de Michael Rolcomb?

– Au contraire. Il lui était reconnaissant de lui avoir enseigné les premiers rudiments du métier. En souvenir de leur ancienne amitié, il lui donnait l'hospitalité.

– Ancienne amitié? S'étaient-ils donc brouillés?

– M. Rolcomb était devenu un peu... sénile. Il ne sortait plus beaucoup du grenier où il s'était réfugié.

Higgins prenait des notes sur son carnet noir.

– Sir Charles ne vous a-t-il relaté aucun conflit l'ayant opposé à l'un ou l'autre homme? Réfléchissez bien.

Dorabella Fenwick se concentra.

– Non... vraiment aucun.

– Au cours de vos conversations, Sir Charles n'a-t-il fait allusion à aucun incident grave, une violente querelle par exemple?

– Non... mais...

– Mais?

– Une fois, à la sortie d'un cours, j'ai assisté à une scène bizarre. Un jeune garçon a parlé longuement avec Sir Charles. Ce dernier n'a pas élevé la voix, mais il avait l'air furieux. Le garçon n'était pas un élève du cours. Je ne l'ai jamais revu.

– Quel âge?

– Un peu plus de vingt ans.

– Pourriez-vous le décrire?

– Oui... et même mieux que cela. John est un bon dessinateur. Il pourrait tracer un portrait.

Enthousiaste, Dorabella réquisitionna aussitôt son fiancé. Il se mit au travail d'après ses indications, traçant, gommant, rectifiant.

Une demi-heure plus tard, le crayonné de John Baker offrait à sa fiancée un portrait qu'elle jugeait tout à fait convenable : un visage épais, des sourcils durs, des lèvres épaisses, un nez volumineux, des oreilles décollées. Mais Dorabella, la première joie passée, parut soudain mécontente.

– Il manque un détail... quelque chose d'important qui m'avait frappée sur l'instant et que j'ai oublié. C'est stupide... Ça ne me revient pas...

– Sur le visage lui-même ou dans son allure? interrogea Higgins.

– Pas dans son allure. Je ne l'ai pas vu assez longtemps. Non, le visage...

En dépit de ses efforts, la comédienne ne parvenait pas à retrouver la caractéristique physique qui eût complété cette figure plutôt grossière, aux traits sensuels.

John Baker posa son crayon.

– Nous ne vous avons rien offert, inspecteur.

Est-ce qu'un peu de vin français vous conviendrait? Nous avons acheté quelques bonnes bouteilles.

Dorabella claqua les mains.

– C'est ça! s'exclama-t-elle. Le vin! Une tache de vin sur la joue droite! Ajoute-la, John!

L'acteur s'exécuta, d'après les directives de sa fiancée. Circonspect, il indiqua à Higgins que cet homme ne lui était pas inconnu. Mais rien de plus ne surgissait de sa mémoire.

– Cette fois, c'est exactement lui, affirma Dorabella. Mais comment le retrouver?

– C'est mon travail, indiqua Higgins. Donnez-moi simplement l'adresse du cours de Sir Charles.

– Earlham Street, près de Covent Garden. Il y a encore un panneau sur la façade. Bientôt, il sera ôté. Qui pourrait reprendre un tel enseignement?

Un voile de tristesse obscurcit le regard de la comédienne.

*
**

L'atelier théâtral de feu Sir Charles était fermé. Une petite affiche placardée sur la porte d'entrée expliquait que le grand acteur venait de mourir et que ses élèves, reconnaissants, voueraient un culte éternel à sa mémoire.

Un rideau s'étant soulevé, à une fenêtre du premier étage, Higgins sut que l'immeuble n'était pas inoccupé. Il sonna en vain, à plusieurs reprises. Une idée lui vint. Il glissa sous la porte une carte de visite comportant la mention « Scotland Yard ».

Il n'attendit qu'une dizaine de minutes.

La porte donnant sur la rue s'entrouvrit. Un visage barbu apparut dans l'entrebâillement.

– La police?

– Inspecteur Higgins. Etes-vous le gardien de cet immeuble?

– Le régisseur, répondit le barbu avec emphase.

– C'est bien vous que je désirais voir.

– Moi? Mais pourquoi? Je n'ai pas le droit de rester ici, c'est ça? Je résisterai! Il faudra m'expulser par la force!

– Je désire simplement vous parler de Sir Charles.

Un grand sourire découvrit les mâchoires passablement édentées du régisseur.

– Sir Charles... Sir Charles... Vous étiez l'un de ses amis?

– Un fervent admirateur, assura Higgins.

La porte s'ouvrit largement.

– Il était le plus grand! affirma le régisseur avec feu. Le plus grand de tous les temps. Et il est mort...

– Je le crains, reconnut Higgins.

– Ici, c'était son royaume. Il formait les jeunes, il leur apprenait à jouer Shakespeare, à faire briller les textes, à chanter la gloire éternelle du théâtre! Avec lui, le grand Will disparaît une seconde fois. Quelle tragédie...

– Me permettez-vous d'entrer?

Le barbu pointa un index accusateur vers Higgins.

– Connaissez-vous cette école d'art dramatique? La plus grande de toutes?

– Justement non. C'est pourquoi je fais appel à vous.

– Venez.

Higgins pénétra donc dans le royaume déchu tandis que le régisseur claquait la porte.

Un vestibule où étaient entassés des meubles recouverts de housses. Une grande salle vide. Une scène abandonnée, sur laquelle gisaient quelques feuillets où étaient tapées deux scènes de *Roméo et Juliette* avec des indications de gestuelle. C'était tout ce qui restait d'un monde naguère vivant et animé où des jeunes gens et des jeunes filles avaient rêvé d'applaudissements et de gloire.

– C'est un endroit magnifique, n'est-ce pas?

– Assurément, répondit Higgins.

– Ils veulent en faire un garage. Ce monde est ignoble.

– L'homme est un destructeur, mon ami. Continuez à lutter.

Le régisseur haussa les épaules.

– Je devrais continuer... Je devrais...

– Connaissiez-vous bien Sir Charles?

L'index se pointa de nouveau vers Higgins.

– C'est lui qui m'a nommé régisseur! C'est lui qui m'a confié la mission la plus importante! Vous vous rendez compte?

– Fort bien. Quel genre d'homme était-ce?

– Passionné, emporté, amoureux! Un vrai comédien!

– Parmi ses élèves, marquait-il des préférences?

Le régisseur barbu sourit, dévoilant une nouvelle fois sa dentition défectueuse.

– Quelques-unes... C'est bien normal, n'est-ce pas?

Higgins sentit que son interlocuteur était en veine de confidences.

– Parmi ces préférences, n'y en avait-il pas une... plus marquée encore?

– Vous êtes un vrai devin. Mais c'est une information confidentielle. Je ne sais pas si...

– Elle est blonde, très jolie et s'appelle Dorabella Fenwick.

Le régisseur demeura bouche bée.

– Alors ça... Vous savez tout...

– Pas encore, rectifia Higgins. Etait-elle sa maîtresse?

– Je l'ignore... Mais ça m'étonnerait.

– Pourquoi donc?

– Sir Charles aimait les actrices, pas les femmes. La sienne l'avait fait trop souffrir. C'était un solitaire. Il n'avait de passion que pour son travail.

– Il avait également un préféré, si je ne m'abuse.

Le régisseur parut étonné.

– Ah? Qui donc!

– Ce jeune homme.

Higgins sortit de sa poche un papier, le déplia et montra au régisseur le portrait dessiné par John Baker.

Le barbu eut un mouvement de recul.

– Je... je ne le connais pas. Il n'est jamais venu ici.

– Pourquoi mentir? Dorabella Fenwick l'a vu. Elle me l'a décrit. Voici son portrait fidèle. Ce n'était pas un élève. Je suis presque certain qu'il est mêlé d'une manière ou d'une autre à la mort de Sir Charles.

Le visage du régisseur se décomposa.

– Qu'est-ce que ça signifie? Vous ne voulez quand même pas dire que...

– Scotland Yard n'écarte pas définitivement l'hypothèse de l'assassinat.

– Sir Charles... assassiné... assassiné...

Higgins laissa son interlocuteur reprendre ses esprits.

– En ce cas, inspecteur, je n'ai pas le droit de me taire. Ce jeune venait de temps à autre, en coulisses. Sir Charles échangeait quelques mots avec lui. Je l'ai même vu lui donner de l'argent. Je le prenais pour un domestique. Un soir, alors qu'il attendait Sir Charles qui dirigeait une scène particulièrement difficile de *Mesure pour Mesure*, il m'a adressé la parole.

– Que vous a-t-il dit?

– « Je suis pressé. Je n'ai pas le temps d'attendre. Dites à Sir Charles que Gary Wells est passé. Il comprendra ». Ce sont exactement ses paroles. J'ai une excellente mémoire.

– Avez-vous assisté à l'altercation entre Sir Charles et ce M. Wells?

– Non.

– Votre témoignage m'aura été des plus précieux, dit Higgins chaleureux. La vérité vous devra beaucoup.

Des larmes montèrent aux yeux du régisseur.

– Tant mieux, inspecteur, tant mieux... Vengez Sir Charles, je vous en conjure!

CHAPITRE X

Higgins aurait pu se rendre à Scotland Yard et demander à Scott Marlow de faire des recherches pour savoir si le dénommé Gary Wells était déjà connu des services de police. Mais l'ex-inspecteur-chef avait une autre possibilité de trouver rapidement l'adresse de ce curieux quidam.

Il demanda au régisseur un annuaire des comédiens.

Wells y figurait.

*
**

D'après l'annuaire, Gary Wells habitait Carnaby Street, dans le quartier de Soho dont la mauvaise réputation n'était plus à faire.

L'immeuble ne payait pas de mine. Il n'y avait pas de tapis dans l'escalier et l'électricité ne fonctionnait plus. D'après la liste des locataires, Gary habitait au premier étage. Etant donné l'état des lieux, son activité artistique ne devait pas être très florissante.

Higgins frappa à une porte plutôt délabrée qu'un coup d'épaule aurait suffi à enfoncer.

– Qui est-ce?

– Je suis un ami de Sir Charles Williams. J'aimerais vous parler.

Des bruits de pas précipités. Une porte ouverte avec violence.

– Vous avez l'argent?

Higgins était bien face au portrait dessiné par John Baker d'après les indications de sa fiancée. Sur la joue droite de Gary Wells, au visage vulgaire, presque avachi, une tache de vin à la hauteur de la pommette.

– Inspecteur Higgins, de Scotland Yard.

L'homme s'affola.

– Mais... vous disiez...

– On peut être policier et aimer Shakespeare, monsieur Wells. Ne commettez aucun acte irréfléchi. Vous n'avez aucune chance de vous enfuir.

Gary Wells jeta un regard éperdu à l'unique fenêtre de la chambre vétuste où il habitait.

Higgins resta immobile sur le seuil.

– D'accord, inspecteur. Entrez. Pourquoi fuirais-je? Je n'ai rien à me reprocher, moi!

La voix était aussi vulgaire que le visage.

– Nous allons voir cela ensemble, monsieur Wells.

Un lit défait aux couvertures douteuses, un réchaud à gaz rouillé, une table en bois blanc dont un pied au moins était bancal, une chaise à laquelle il manquait des barreaux : Wells ne croulait pas sous le luxe.

Higgins, mains croisées derrière le dos, fit le tour de la chambre. Un détail attira son attention : à la tête du lit, une pendulette en argent massif qui contrastait avec la pauvreté du décor.

– Vous êtes comédien, d'après l'annuaire officiel.

– Au chômage, inspecteur.

– Depuis quand?

– Plusieurs mois. Pas facile de trouver un rôle.

Au poignet, Gary Wells portait une Breitling. Une superbe montre traditionnelle créée par un fabricant qui, avant la Première Guerre mondiale, avait inventé le chronographe. Les Breitling étaient considérées comme les Rolls-Royce de l'horlogerie. Nulle heure ne pouvait être plus précise que celle qu'elles donnaient. Encore fallait-il avoir les moyens de se l'offrir.

– Etiez-vous un élève de Sir Charles?

– Un élève? Oui, c'est ça... j'allais à ses cours.

– Quel rôle vous faisait-il répéter?

– Ben... ça dépendait.

– Pourriez-vous me citer quelques vers de Shakespeare?

– Sûrement. Mais ce n'est pas le moment. Je ne suis pas en voix. J'en avais recopiés sur un papier, mais il a disparu.

Higgins examinait la pendulette avec attention. Une véritable pièce de collection.

– Nous pourrions peut-être faire l'économie d'une enquête, monsieur Wells. Vous n'avez jamais été comédien. Sauf pour vous faire inscrire sur cet annuaire. Avec l'aide de Sir Charles, je suppose.

Gary Wells s'adossa à l'un des murs lépreux de sa chambre.

– Vous vous trompez. Je veux faire ce métier. Mais ce n'est pas facile.

– Vous mentez mal, monsieur Wells. Mais vous avez du goût pour le trompe-l'œil. La misère apparente, la fortune cachée.

– Je n'ai aucun revenu.

– Comment vous êtes-vous procuré cette pendulette et la montre Breitling que vous portez? Pourquoi m'avoir demandé un argent que vous attendez avec impatience? Qui vous paye?

Gary Wells ressemblait à un papillon épinglé. Il jeta un nouveau regard vers la fenêtre. Puis il s'affala, glissant le long du mur et s'asseyant sur ses talons.

– C'est une histoire longue et compliquée, inspecteur.

– J'ai tout mon temps.

– Pas moi. Je m'apprêtais à quitter Londres.

– Pour quelle raison?

– Je suis menacé.

– Par qui?

– Par des tas de gens.

– Je ne peux pas vous laisser partir, monsieur Wells.

– De quoi m'accusez-vous?

– Je veux éclaircir votre rôle dans la disparition de Sir Charles.

Gary Wells leva vers Higgins des yeux éberlués.

– Mon rôle... à moi? Vous rigolez! La disparition de Sir Charles, c'est la catastrophe! Il me protégeait. La pendulette, la montre, c'est lui qui me les a offertes.

– En ce cas, pourquoi habitez-vous dans cette chambre délabrée?

– C'était mon ancienne adresse. Je suis venu m'y réfugier.

– Mauvais réflexe. Elle figure dans l'annuaire des comédiens.

– J'avais oublié... Quand Sir Charles m'a donné ma chance, il m'a payé une chambre d'hôtel. Je n'ose plus y retourner. Trop de gens m'en veulent.

Higgins s'assit sur la chaise avec précaution.

– Vous semblez être, en effet, un personnage plutôt compliqué. Je crois que nous devons commencer par le début. Avez-vous encore vos parents?

– Je ne les ai pas connus. J'ai été élevé par un pasteur. Jusqu'à maintenant, je n'ai fait que de petits travaux, à droite, à gauche. Puis des copains m'ont dit que j'avais une belle tête. Pas celle que j'ai aujourd'hui, évidemment, mais quand je suis maquillé, je suis un vrai jeune premier. C'est Sir Charles qui l'affirmait. C'était un connaisseur, non? Il m'a promis une belle carrière si j'acceptais de travailler comme une brute. Mais il voulait prendre son temps. Les gestes, les attitudes d'abord, les textes ensuite. On devait commencer le mois prochain. Il était décidé à me donner des cours particuliers dans sa demeure de Shakespeares' Lodge.

– Y êtes-vous allé?

– Non, mais j'y comptais bien.

– Les élèves de son cours étaient-ils au courant de votre bonne fortune?

– Dans ce milieu, impossible de garder longtemps un secret.

– D'où la jalousie dont vous parliez.

– Exactement.

– Des noms à citer, monsieur Wells?

Le comédien baissa les yeux.

– C'est difficile...

– Je sais, monsieur Wells. Mais vaincre les difficultés est ce qui grandit l'homme. A ce point de votre confession, vous ne pouvez plus vous taire.

– C'est que... je ne voudrais pas passer pour un délateur.

– Comment la vérité pourrait-elle être délation? J'enquête sur un meurtre.

Gary Wells baissa la voix.

– Un meurtre... Depuis que j'ai appris la mort de Sir Charles, je suis sûr qu'il a été assassiné. On a voulu briser notre amitié. Comme on ne réussissait pas, on l'a éliminé. Et maintenant, on va s'attaquer à moi.

– Voici de très graves accusations, monsieur Wells. Il faudrait préciser l'identité de ce « on ».

– C'est difficile...

– Je peux sans doute vous aider. Connaissez-vous Dorabella Fenwick?

– Non.

– Une jeune actrice blonde qu'aimait beaucoup Sir Charles. Vous auriez dû la voir à son cours.

– Je ne fréquentais pas les autres élèves.

– Sir Charles ne vous a-t-il jamais parlé de cette jeune femme?

– Jamais. C'était ma formation artistique qui l'intéressait. Pas celle de quelqu'un d'autre. Mais il y a une femme dont il me parlait souvent : Lady Ruth. Elle demeurait son cauchemar.

– Ils étaient pourtant divorcés, rappela Higgins.

– Elle continuait à le harceler. Une vraie harpie. Une redoutable mégère.

– Quand l'avez-vous croisée?

– Je ne l'ai vue que de loin, un soir où je sortais du théâtre avec Sir Charles. Il m'a demandé de me cacher. Ils ont discuté sur le trottoir. Le ton a très vite monté.

– Avez-vous entendu la conversation?

– En partie. Elle lui reprochait d'avoir brisé sa

carrière. Elle voulait obtenir un rôle. Elle l'accusait de ne pas le lui donner.

– L'a-t-elle menacé?

– Oui. Elle lui a promis de le tuer s'il continuait à lui refuser ce qui lui était dû.

– Le tuer? De quelle manière?

– Oh, cela ne m'a pas paru sérieux... des mots excessifs, invraisemblables. Elle devait l'étrangler, l'assommer, que sais-je encore? Des propos de femme en colère. Dans ces moments-là, on dit n'importe quoi.

Higgins prenait de nombreuses notes sur son carnet noir. Il lui faudrait bientôt retailler la pointe de son crayon. Ce jeune premier était une vraie mine de renseignements.

– Que lui reprochait Sir Charles?

– D'être une comédienne ratée et une hystérique dangereuse. Elle lui faisait des scènes insupportables à cause de son école, l'accusant de passer trop de temps dans les salons de thé avec de jeunes comédiennes. Une jalousie féroce que Sir Charles ne supportait plus. En plus, je crois que Lady Ruth a appris mon existence.

– Vous croyez ou vous en êtes certain?

Gary Wells eut un geste nerveux de la main droite.

– J'en suis certain. Sir Charles me l'a confié. Elle croyait que lui et moi... Quelle abominable calomnie! Il m'aimait comme un fils, je le respectais comme un père. Il m'avait promis qu'il ferait de moi un grand comédien, qu'il me ferait oublier mon passé. Lady Ruth voulait nous séparer.

– Aurait-elle assassiné son ex-mari pour se venger des préjudices subis?

– Je l'ignore, inspecteur. Elle n'était pas seule à nous haïr, Sir Charles et moi.

– Qui était son complice?

– Son nouveau mari, Antony Cormack. J'ai même le sentiment que c'est lui qui nourrissait la plus vive haine à l'égard de Sir Charles.

– C'est pourtant un joueur de golf très pacifique, objecta Higgins. Il paraît même tout à fait soumis à son épouse.

Gary Wells ricana.

– Quel comédien! Croyez-vous qu'on devient l'un des meilleurs golfeurs du monde en étant un mouton? Ce type est un véritable requin. Il a marché sur la tête d'un nombre considérable d'adversaires pour arriver au sommet. Ce n'est pas une femme, même de la trempe de Lady Ruth, qui peut l'impressionner. Il vous a joué la comédie du mari soumis. Pur simulacre.

– C'est votre interprétation, monsieur Wells.

– C'est beaucoup plus qu'une interprétation, inspecteur. J'ai un fait précis.

– Lequel?

Un sourire féroce anima le visage de Gary Wells.

– Cormack veut ma peau. Ce que je sais sur lui peut le faire désigner comme l'assassin de Sir Charles.

– Pourquoi ne pas être allé à Scotland Yard?

Gary Wells se renfrogna.

– Je n'aime pas la police. J'avais peur d'être soupçonné. La police n'inspire pas toujours confiance. Vous... vous me comprenez?

Higgins se fit sévère.

– A vous de choisir, monsieur Wells. Ou vous me faites confiance et vous parlez, ou bien vous vous taisez.

– J'ai envie d'être protégé, inspecteur. S'il m'arrivait quelque chose, vous sauriez aussitôt qui a fait le coup.

– Protéger quelqu'un n'est pas facile. Je ne peux rien vous promettre dans ce domaine.

– Je m'en doutais un peu, railla le comédien. Je parlerai quand même. Pour que Cormack aille en prison s'il s'attaque à moi. Ce sale type s'est violemment querellé avec Sir Charles. Ils en sont venus aux mains. J'étais là. J'ai tout vu.

– Où cette scène s'est-elle déroulée?

– Dans un immeuble de Picadilly que Sir Charles voulait acheter pour le transformer en théâtre. Il m'avait emmené avec lui. Ce projet l'enthousiasmait. Il m'a décrit avec fougue la mise en scène de Hamlet à laquelle il rêvait depuis tant d'années. Il voyait déjà la scène, les fauteuils occupés par le public, le décor, les éclairages...

Gary Wells s'interrompit, comme si le souvenir de ces moments était trop présent à sa mémoire.

– Il était si beau, si émouvant, quand il parlait de ce futur théâtre... Mais cette ordure de Cormack est arrivée. « Il n'y aura jamais de théâtre ici », a-t-il annoncé, la mine réjouie. « Vous pouvez abandonner vos projets stupides. »

– Pourquoi tant de certitude?

– Parce que Cormack était le propriétaire de l'immeuble. Sir Charles avait entamé les négociations avec un cabinet d'affaires. Avant de se démasquer, Cormack a attendu que l'ex-mari de Lady Ruth se fût suffisamment engagé. Briser son espoir fut pour Cormack un plaisir sans mélange. En agissant ainsi, il vengeait sa femme et humiliait Sir Charles.

– Comment ce dernier a-t-il réagi en apprenant la vérité de la bouche d'Antony Cormack!

– Très mal. Il a attrapé Cormack par le col de

sa veste et l'a violemment secoué. Cormack lui a donné des coups de poing dans le ventre. J'ai été obligé d'intervenir pour les séparer. Sir Charles a injurié ce joueur de golf qui le privait d'une des plus grandes joies de son existence. Il l'a traité de parasite, de cloporte, de bipède inculte... pour ne citer que ces termes les moins sévères. Cormack n'a pas apprécié. Sir Charles lui a juré qu'il lui ferait payer son acte ignoble. Cormack lui a répondu qu'il n'était qu'un vieux cabot prétentieux. Je suis intervenu de nouveau. J'ai dit à cet orang-outang que des brutes comme lui étaient indignes de vivre. Sir Charles s'est lancé dans une grande tirade ridiculisant les sportifs arrivés en haut de l'échelle et se prenant pour des gens sérieux. Cormack l'a très mal pris. Il a répliqué avec une violence incroyable, traitant les gens de théâtre de fantômes malfaisants et jurant bien à Sir Charles qu'il s'arrangerait pour l'éliminer à jamais.

– « L'éliminer à jamais » : ce sont ses propres termes?

– Oui, inspecteur. J'ai de la mémoire. Et j'étais le seul témoin de cette scène. Vous comprenez pourquoi je me cache ici.

– Vous feriez peut-être mieux de changer de domicile, conseilla Higgins. Antony Cormack peut avoir l'idée, comme moi, de consulter l'annuaire des comédiens.

– Ça m'étonnerait... ce n'est pas son genre de lecture, à supposer qu'il sache lire. Je suis en sécurité, puisque vous savez tout.

– C'est une façon de voir les choses, admit Higgins. Pourquoi m'avez-vous demandé de l'argent quand je vous ai annoncé que j'étais un ami de Sir Charles?

– Parce que... Sir Charles me donnait quelques livres, chaque mois. Depuis sa mort, je n'ai plus rien. J'espérais qu'il avait demandé à quelqu'un... de continuer à m'aider.

– Un peu... ou beaucoup d'argent?

– Beaucoup d'argent.

– Comment l'utilisiez-vous?

– Restaurants, cabarets, hôtels de luxe. Je n'avais que l'embarras du choix. C'était tellement bon, tout ça. On m'appelait « monsieur », parfois « Sir », on s'occupait de moi... Et c'était la meilleure façon de préparer mon avenir de vedette.

– Sir Charles sortait avec vous?

– Jamais. Il était au courant mais il ne voulait me voir qu'en privé, à cause des ragots. Le jour où j'aurais été prêt à jouer un grand rôle, il m'aurait présenté officiellement.

– Fort bien, dit Higgins en refermant son carnet noir. Veuillez ne pas quitter Londres, ces prochains jours. Si un fait nouveau se produisait, appelez le superintendant Marlow à Scotland Yard. De ma part. Je reviendrai vous voir bientôt. Bavarder avec vous est un plaisir.

Gary Wells se leva, affolé.

– Et Cormack... Qu'est-ce que vous allez faire de lui?

– Lui rendre une visite de politesse, répondit Higgins. J'ai besoin d'approfondir ma connaissance du golf.

CHAPITRE XI

Avant de prendre le chemin de Regent's Park, Higgins s'arrêta devant une cabine téléphonique occupée par une dame avec un petit caniche. L'ex-inspecteur-chef attendit patiemment qu'elle terminât sa conversation avec une amie passionnée de mode.

Higgins avait besoin de consulter un spécialiste appartenant au réseau de ses amis. Officiellement, ils étaient tous membres d'un club d'archéologie qui se réunissait périodiquement pour des études érudites. C'était du moins la version officielle pour Mary, soupçonnant toujours des beuveries et des banquets.

William Stafford, directeur de théâtre, spécialiste de Shakespeare, ressemblait à Orson Welles. Truculent, fort en gueule, il était capable de tenir à lui seul tous les rôles de *Richard III*. Passionné de spectacle, il tenait à jour un fichier concernant les pièces représentées dans le monde entier, les comédiens, les metteurs en scène.

William Stafford décrocha à la troisième sonnerie et reconnut aussitôt la voix de l'ex-inspecteur-chef.

– Higgins! Ce vieux gredin! Encore sur un mauvais coup?

– Plus ou moins, William. Je travaille un peu dans ton domaine.

– Laisse-moi deviner... Non! Ce n'est quand même pas la mort de Sir Charles...

– Je crains que si.

– Ce n'est quand même pas un meurtre!

– Je le crains également.

– Par les mânes de Shakespeare! Qui a osé?

– Je cherche encore. As-tu connu Sir Charles?

– Bien sûr. Un type formidable, indépendant, au caractère impossible. Un grand acteur qui ne vivait que pour son métier. Il n'avait commis qu'une erreur : épouser Lady Ruth Fynemore, une redoutable pimbêche qui ne songe qu'aux cocktails et aux réceptions.

– N'ambitionnait-elle pas une carrière théâtrale?

– Chacun ses fantasmes, Higgins. Sir Charles, en lui refusant fermement le moindre petit rôle, lui a évité d'être ridicule. Il a agi par affection pour elle.

– Son métier avant tout, disais-tu. Lui aurait-il vraiment tout sacrifié?

– Ça, tu peux en être absolument certain. Son existence entière était vouée à une seule passion : celle du théâtre. Qui s'y opposait était balayé de sa route.

– J'ai trois noms d'acteurs à te donner : Dorabella Fenwick, John Baker et Gary Wells. Que sais-tu sur eux?

– Un instant. Je vais au fichier.

Les réponses de William Stafford ne tardèrent pas.

– Dorabella Fenwick, une débutante qui a tenu

des petits rôles. A été retenue par Sir Charles parmi les rares élèves dont il comptait faire des professionnels. De mauvaises langues murmurent qu'elle est sa maîtresse, mais ce ne sont que des ragots. Gary Wells... inscrit au registre des comédiens. Jamais tenu le moindre rôle, même de figurant.

– Un lien quelconque avec Sir Charles?

– Pas à ma connaissance. John Baker est le cas le plus amusant. J'en ai long sur lui. Il avait des ambitions de jeune premier. Grâce à son père, un puissant avocat de Brighton, il a décroché des tournées en province. Là, les catastrophes ont commencé. D'après sa photographie, c'est un beau garçon. Mais un très mauvais comédien. Les critiques ont été acides. Quand l'expérience a été terminée, John Baker a appris que son père s'était suicidé. Compromis dans un scandale financier, il a préféré se faire sauter la cervelle plutôt que de comparaître devant ses juges. La mère de John n'a pas tardé à mourir de chagrin. Le jeune homme s'est retrouvé sans le sou et sans avenir.

– Je peux compléter ta fiche, William : il vit actuellement en concubinage avec Dorabella Fenwick.

– Merci pour cette indication, Higgins. Un fichier n'est valable que s'il est tenu à jour. Ah... un autre détail : avant le drame final, le père de John Baker avait loué des salles entières remplies de sympathisants qui acclamaient son fils et acheté deux ou trois chroniqueurs qui avaient écrit des éloges sur le nouveau jeune premier. La supercherie a été dévoilée. Le scandale fut énorme dans le milieu. A mon avis, John Baker n'a plus la moindre chance de monter sur une scène. Il ferait mieux de changer de métier.

– Est-ce que le nom de Michael Rolcomb t'évoque quelque chose?

– Pas besoin de fiches, Higgins! Il fut l'ami des rares mauvais jours de Sir Charles. Ce dernier n'a connu que des succès, sauf au tout début de sa carrière. Ce Rolcomb était souffleur. Il avait sans doute de l'expérience. Il a publiquement encouragé Charles Williams à continuer. Celui-ci a convoqué les journalistes. « Un jour, a-t-il prédit, je serai célèbre. Et je n'oublierai pas l'homme qui a eu confiance en moi : Michael Rolcomb. » Quand Sir Charles a acheté son fameux domaine de Shakespeares' Lodge, il l'a emmené avec lui.

– Tu dois donc connaître l'existence du domestique hindou, Chankara?

– Bien entendu. C'est un ancien comédien que Sir Charles a ramené de Delhi où il faisait une tournée. Il a annoncé que Shakespeares' Lodge serait ainsi le domaine de trois amoureux du théâtre classique et que personne d'autre n'y mettrait les pieds.

– Chankara et le souffleur ont-ils réapparu dans le monde des comédiens?

– Pas à ma connaissance, Higgins.

– Une dernière question, William. Sir Charles avait un projet secret...

– Faire une mise en scène de *Hamlet* dans un nouveau théâtre, aménagé dans un immeuble qu'il voulait acheter?

– Exactement.

– Ce n'était un secret pour personne. Mais ça a mal tourné.

– Pourquoi donc?

– Une sombre histoire immobilière. Un instant. Je retourne au fichier.

La dame au caniche, souhaitant rappeler son

amie à propos d'une opération de soldes chez Harrod's, tambourina à la porte de la cabine téléphonique. Elle estima que ce monsieur à la fine moustache poivre et sel, très élégant certes, commençait à dépasser les bornes de la bienséance.

Higgins ouvrit la porte.

– Vous ne devriez pas rester là, Milady. Je procède à l'arrestation d'un dangereux criminel. Cette cabine est réquisitionnée par Scotland Yard. Une fusillade peut éclater d'un instant à l'autre.

Trouvant Higgins sympathique, le caniche frétilla de la queue. Sa maîtresse tira sur la laisse et disparut en trottinant.

– Higgins? Tu es toujours là?

– Je suis là.

– Voici le fin mot de l'histoire. Il est croustillant. Sir Charles a fait confiance à un cabinet d'affaires appartenant à Antony Cormack, lequel possédait également l'immeuble. Au moment de concrétiser l'achat, il s'est démasqué et a annoncé son intention de ne plus vendre. Un magazine spécialisé a parlé d'affront et de revanche préparée par Lady Ruth contre son ex-mari en utilisant les compétences et la fortune du nouveau. Sir Charles a refusé de faire le moindre commentaire.

– Ce Cormack n'a-t-il pas débuté comme comédien, lui aussi?

– Assurément non. J'ai vérifié.

– Tu es un homme précieux, William. Inutile de te dire...

– Que je dois être discret et même muet. C'est entendu, à condition que tu me donnes tous les résultats de ton enquête... pour que je puisse complèter mes fiches.

– Promis. Si j'obtiens un résultat.

Songeur, Higgins raccrocha le combiné.

Gary Wells aurait donc dit une bonne part de la vérité.

***

– Encore vous, inspecteur? s'exclama Antony Cormack, passablement irrité. Ma femme est sortie. Vous aurez du mal à la joindre.

– C'est sans gravité, indiqua Higgins. C'est vous que je venais voir.

L'hôtel particulier d'Albany Street était en ébullition. Des domestiques allaient et venaient avec fébrilité, dressant une table imposante dans la grande salle à manger.

– Nous avons un dîner important, ce soir. Je n'ai pas beaucoup de temps à vous consacrer. Et je ne comprends pas très bien la raison de votre visite.

– Bien sûr que si, monsieur Cormack.

Le champion de golf, qui venait de terminer son entraînement, avait encore un club en main. Son club fétiche, qui lui avait permis de réussir d'étonnantes approches sur les greens les plus célèbres. Il recevait Higgins dans un salon dont les murs étaient couverts de tableaux : primitifs flamands, paysagistes anglais, impressionnistes français. Il y avait là une coquette fortune. L'une des portes du salon s'ouvrait sur la salle à manger où les domestiques disposaient les chandeliers.

– Qu'est-ce que ça signifie, inspecteur? Vous vous moquez de moi?

Le ton du champion de golf avait bien changé. Ce n'était plus un mari soumis et affolé. Hors de la présence de Lady Ruth, il était d'une agressivité certaine.

– L'immeuble que Sir Charles devait transformer en théâtre... Est-ce une mauvaise plaisanterie?

– Ah... cette vieille histoire...

– Pas si vieille que vous le prétendez, monsieur Cormack. Vous et votre femme n'avez-vous pas exercé une vengeance un peu mesquine à l'encontre de Sir Charles?

– Ça nous regarde, Lady Ruth et moi. Nous n'avons commis aucun délit. Cet immeuble m'appartient. Je le vends à qui je veux. Vous n'avez pas à mettre votre nez là-dedans.

Higgins ne releva pas la grossièreté de l'expression. Il avait mieux à faire.

– Votre analyse est exacte, estima l'ex-inspecteur-chef, à un détail près : vous vous êtes querellé avec Sir Charles, presque battu et vous l'avez menacé de mort.

– Quelle blague! Pure invention!

– Il y a un témoin.

Le champion perdit de son assurance.

– Tiens donc... qui ça?

– Gary Wells.

Antony Cormack se rua sur la porte de communication entre le salon et la salle à manger et la claqua violemment. Puis il revint vers Higgins, les yeux emplis d'une fureur à peine maîtrisée.

– Qu'est-ce qu'il vous a dit, ce petit monsieur?

– Il était présent lors de votre altercation avec Sir Charles. Comme il est comédien, il a parfaitement retenu vos paroles et pourrait témoigner contre vous.

Le joueur de golf éclata de rire et tapa du poing sur un buffet Regency qui gémit sous l'offense.

– Ça, ce serait la meilleure! Vous savez qui c'est, ce type?

– Un comédien au chômage.

– Scotland Yard est vraiment en pleine décadence. Vous avez cru ses mensonges.

– J'ai enregistré ses déclarations, nuança Higgins.

Antony Cormack, tel un lutteur défiant la foule, bomba le torse et croisa les bras à hauteur de la poitrine, jambes écartées.

– Je vais vous la dire, moi, la vérité. Ouvrez bien vos oreilles et prenez des notes. Oui, je me suis payé la tête de ce vieux singe de Sir Charles. Ça a fait plaisir à ma femme et ça m'a fait plaisir à moi. Vous l'auriez vu, découvrant qu'on l'avait berné! Ce n'était pas du Shakespeare, mais c'était à mourir de rire! Il n'a pas apprécié, c'est sûr. Il m'a insulté, ce vieil inutile. S'il avait été plus jeune, je lui aurais volontiers cassé la tête. Il avait son minet pour le défendre, cette fripouille de Gary Wells. Un comédien au chômage... Il n'a jamais mis les pieds sur les planches! Par contre, il fréquentait beaucoup les théâtres. Pour faire son sale travail.

– C'est-à-dire?

– Il faut aussi que je mène vos enquêtes? Ça vaudrait mieux, notez... avec moi, il y aurait moins de truands qui passeraient à travers les mailles du filet! Car c'est ça, votre fameux témoin : un petit truand. Un sale vendeur de drogue qui écoule sa marchandise dans les coulisses des théâtres. Il a peut-être oublié de vous avouer ce détail?

– En effet, reconnut Higgins. Comment l'avez-vous appris?

– De la manière la plus simple qui soit. Je l'ai suivi. J'ai tout de suite senti que ce minet chercherait à me nuire pour plaire à son protecteur. Quand ils sont sortis de mon immeuble, ils se sont séparés. Je n'ai plus perdu de vue Gary Wells pendant un jour et une nuit. Il s'est rendu dans une dizaine de théâtres. J'ai réussi à faire parler un régisseur en le payant grassement. J'ai appris le nom de ce petit truand et son activité. Il vend de l'opium aux acteurs pour dissiper leur trac. Votre Sir Charles, c'était un drogué. Et il avait besoin d'un fournisseur. Si vous m'inculpez d'assassinat, je déballe tout. Ça ne fera pas très propre dans les salons des aristocrates londoniens, je vous préviens.

– S'il faut en arriver là, apprécia Higgins, vous agirez comme bon vous semble. Mais la vérité est peut-être plus mystérieuse que vous ne l'imaginez.

– Je n'imagine rien. Ce sont des faits. Je n'ai pas intérêt à voir remuer toute cette boue qui salirait ma femme. Si on ne me cherche pas noise, je ne dirai rien. Vous êtes prévenu. Quant à ce déchet d'humanité de Wells, mettez-le rapidement en cabane. Si jamais il essaye de m'importuner, je pourrais bien confondre sa tête avec une balle de golf.

*
**

Higgins retourna à Carnaby Street. En cette fin d'après-midi, Soho était déjà très animé. Dans l'escalier de l'immeuble où habitait Gary Wells, l'électricité n'avait toujours pas été rétablie.

L'ex-inspecteur-chef n'eut qu'à pousser la porte de sa chambre, personne ne répondant à ses appels.

Il sut aussitôt que Gary Wells s'était enfui, emportant avec lui la pendulette en argent massif.

CHAPITRE XII

Scott Marlow cassa son stylo. Il était si nerveux qu'il aurait volontiers cassé quelque chose d'autre. Ce que Higgins venait de lui apprendre ressemblait à un ouragan qui se préparait à s'abattre sur la haute société britannique.

– Il faut retrouver au plus vite ce Gary Wells et le mettre derrière des barreaux.

– C'est bien pourquoi je vous ai apporté son portrait.

– Excellent, Higgins, excellent... mais quel abominable cauchemar! Sir Charles, un drogué... Vous rendez-vous compte? Avec les relations qu'il avait. Dieu sait qui ce scandale pourrait éclabousser!

– Les accusations sont portées par Antony Cormack. Attendons l'interrogatoire de Gary Wells pour obtenir des certitudes.

Le superintendant émit un profond soupir.

– Je crains malheureusment que toute cette affaire ne sombre dans le sordide. Wells a assassiné Sir Charles parce qu'il ne le payait pas assez ou pas assez vite. Sans parler de leurs relations particulières et compromettantes... Comment exposer des choses pareilles en place publique?

Scott Marlow était effondré.

– Ce n'est encore qu'une hypothèse, superintendant.

– Vous essayez de me réconforter, Higgins, je le vois bien.

– Simplement de vous recommander la prudence, mon cher Marlow. N'oubliez pas qu'il y a beaucoup de comédiens dans cette affaire. Ils ont l'habitude de changer de personnage au point de ne plus savoir qui ils sont.

– Antony Cormack est champion de golf, pas comédien. Sa parole peut difficilement être mise en doute.

– Antony Cormack est le mari de l'ex-épouse de Sir Charles, rappela Higgins. Ne l'oublions surtout pas. Lady Ruth n'avait pas complètement quitté son ancien mari. Elle revenait régulièrement à Shakespeares' Lodge. Cette situation ne devait guère satisfaire un homme aussi entier que M. Cormack.

Scott Marlow fronça les sourcils.

– Que suggérez-vous, Higgins?

– Rien encore, superintendant. Cette affaire me paraît fort complexe. Nous avançons très lentement et il n'y a malheureusement aucune possibilité d'aller plus vite. Certains événements devront se produire avant d'espérer comprendre ce qui s'est réellement passé. Jusqu'à quelle heure travaillez-vous, ce soir?

– Au moins jusqu'à minuit.

C'était la qualité que Higgins appréciait le plus chez Scott Marlow : la conscience professionnelle. Le superintendant aimait son métier, ne reculait pas devant une masse considérable de travail et vivait presque en permanence à son bureau.

– Je passerai vous chercher vers cette heure-là. Nous partirons pour Shakespeares' Lodge.

Accablé, Scott Marlow n'essaya même pas de retenir Higgins. Il savait qu'un mécanisme infernal s'était mis en marche et qu'il ne serait pas facile de l'arrêter.

Si seulement Sir Charles avait eu la bonne idée de mourir d'un arrêt cardiaque.

*
**

Higgins était loin d'avoir terminé la rude journée d'investigations qui lui permettrait d'assembler des éléments du puzzle. Par bonheur, il faisait un temps idéal – pluie et fraîcheur – et son arthrite le laissait en paix. Bien qu'il n'appréciât Londres que modérément, marcher dans les rues de la capitale était pour l'ex-inspecteur-chef un plaisir certain. Il ne prenait des taxis qu'en cas de nécessité, impératifs horaires ou trop grande fatigue.

L'affaire Williams l'obligeait à de nombreuses pérégrinations. Son intuition l'avertissait qu'il y en aurait beaucoup d'autres. Cela faisait partie des aléas du métier. Dans ces circonstances-là, Higgins retrouvait son ardeur de jeune homme.

Il était près de vingt et une heures quand Higgins entra dans la maison d'Upper Brook Street où habitaient Dorabella Fenwick et John Baker.

Ce fut ce dernier qui ouvrit.

– Inspecteur... Dorabella n'est pas ici, elle est partie répéter une pièce et...

– J'aimerais avoir une conversation sérieuse avec vous, monsieur Baker.

– Eh bien, entrez.

Higgins avait pris soin de vérifier que la jeune femme serait bien absente. Elle répétait une pièce comique dans un théâtre de banlieue.

John Baker terminait de dîner.

– Puis-je vous offrir quelque chose, inspecteur?

– Si vous faites du café, j'en prendrai bien une tasse.

Higgins avait besoin d'un léger remontant. Comme il n'aurait pas le temps d'absorber de nourriture solide, il se contenterait d'un liquide chaud. Demain serait un autre jour.

Las, le café préparé par John Baker était un breuvage des plus médiocres. Faisant contre mauvaise fortune bon cœur, l'ex-inspecteur-chef accepta son destin.

– Je m'étonne un peu de votre visite tardive, dit John Baker. Un point de détail à vérifier?

– Si l'on veut. J'aimerais mieux vous connaître. Etes-vous en bons termes avec vos parents?

John Baker rougit jusqu'aux oreilles.

– Mes parents... sont morts.

– Votre père était avocat d'affaires, n'est-ce pas?

Le jeune homme sortit un mouchoir pour éponger la sueur qui coulait sur ses tempes.

– Alors, vous savez tout... Oui, mon père s'est suicidé à cause d'un scandale financier. Ma mère est morte de chagrin. Quant à moi, je n'ai plus un sou. J'avais devant moi une carrière toute faite...

– Trop bien faite, semble-t-il.

Une infinie tristesse s'exprima dans le regard du jeune homme.

– Vous êtes au courant de ça aussi. Mon père croyait bien faire. J'avais eu des engagements dans des théâtres de province. Les critiques ont été sévères pour moi. Il y avait du vrai, à cause de mon inexpérience, mais aussi beaucoup d'injustice. Mon père a été révolté. Il a commis une faute grave en forçant la main de quelques propriétaires de salles et de deux journalistes. Je vous jure que je l'ignorais. Je vous le jure.

John Baker avait serré les mains, implorant.

– C'était stupide, continua-t-il. Il a agi par amour paternel, inconscient des conséquences désastreuses entraînées par ses manipulations. Il croyait faire mon bonheur... il a fait mon malheur. Je dois aussi vous avouer que mes parents étaient hostiles à ma vocation. En devenant comédien, je les ai désespérés. Quel gâchis...

– Vous obstinez-vous quand même à monter sur scène?

– Oui. Je veux être comédien. Les gens oublieront.

– Dorabella est-elle au courant?

– Oui, inspecteur. Nous avons décidé de tout nous dire. Si elle m'avait conseillé d'abandonner, j'aurais accepté. Mais elle m'a persuadé de ne pas céder à l'adversité. C'est une fille extraordinaire... une volonté inflexible. Les épreuves la stimulent. Alors, je serai patient. Elle sera une grande vedette, j'en suis sûr. Moi, je me contenterai de ce qu'on m'offrira. L'essentiel, c'est d'être à ses côtés, de respirer les odeurs d'un théâtre, de répéter les scènes.

– Vous êtes un homme courageux, monsieur Baker.

– Même pas, inspecteur. Simplement lucide. Quand on a la chance de vivre aux côtés d'une femme comme Dorabella, il faut accepter certaines déceptions. Et puis je suis jeune... Si être acteur m'est refusé, je ferai de la mise en scène.

– Vous êtes un homme déterminé.

– Je n'ai pas le choix, avoua John Baker.

Higgins posa sa tasse de café. Le petit appartement avait du charme, même s'il y régnait un aimable désordre. Dorabella avait jeté ses vêtements çà et là, sans doute pressée de partir pour le théâtre.

– Merci de votre sincérité, monsieur Baker. Et bonne chance.

***

Les derniers invités quittèrent l'hôtel particulier d'Antony Cormack vers 23 h 30. Ils avaient apprécié un repas exquis et bien arrosé. Higgins assista au ballet des Rolls et des Jaguar. A l'instant où le calme revenait, il se présenta au maître d'hôtel qui s'apprêtait à refermer les portes.

– Monsieur désire?

– J'ai rendez-vous avec Lady Ruth.

– A cette heure-ci?

– Annoncez-moi, mon ami. Voici ma carte.

Le maître d'hôtel se détourna et présenta un plateau en argent où l'ex-inspecteur-chef déposa sa carte de visite.

Higgins ne patienta pas longtemps. Le maître d'hôtel revint avec une réponse positive.

– Lady Ruth va vous recevoir dans son boudoir.

Le maître d'hôtel conduisit Higgins au premier étage.

Du boudoir émanaient des parfums suaves. Lady Ruth, en déshabillé vert pâle, était assise devant sa coiffeuse.

– Pardonnez-moi de vous recevoir sans cérémonie, inspecteur. Mais votre visite est plutôt inattendue. Si vous n'apparteniez pas à Scotland Yard... Je suis lasse. C'est pourquoi je me suis mise à l'aise. En avons-nous pour longtemps?

– J'espère que non, Lady Ruth.

L'épouse du champion de golf disposait d'un impressionnant matériel de maquillage, notamment d'une collection de pinceaux de diverses tailles et de diverses couleurs. Fonds de teint, démaquillants, crayons, bâtons de rouge étaient disposés sur plusieurs tables de marbre.

– Je suppose, inspecteur, que cette intrusion correspond à une information essentielle. Sinon, je serais obligée de faire intervenir mon mari pour me plaindre de votre comportement. Le harcèlement moral est puni par la loi.

Higgins demeura debout. Il n'y avait pas d'endroit décent pour s'asseoir.

– Votre époux est-il absent?

– Il se couche tous les soirs à 22 h. Un sportif de haut niveau doit avoir une vie très réglée. J'y veille avec le plus grand soin. Un seul écart, et c'est l'échec. Antony vient de rater une compétition à cause de quelques excès alimentaires. Cela ne doit pas se reproduire.

Lady Ruth se démaquillait avec une éponge douce en latex, de couleur blanche, découpée en un fin rectangle. Elle choisit avec soin une crème anti-rides et un masque de beauté pour la nuit.

– Comment M. Cormack est-il accueilli dans la haute société britannique?

– Voilà une question bien impertinente, inspecteur. Comme si vous l'ignoriez!

– J'aimerais l'entendre de votre bouche.

– Aussi mal que possible. Antony est américain. C'est un handicap difficile à surmonter, même pour un grand joueur de golf. Je l'aiderai. Il faudra du temps.

– Etiez-vous au courant de la manière dont il comptait ridiculiser Sir Charles?

– L'immeuble qu'il a refusé de lui vendre? Il voulait lui faire une surprise. Ce fut une gaffe de plus. Je lui ai demandé de ne plus prendre la moindre initiative. Antony est un fonceur, il n'a pas le sens des nuances et ne connaît rien des exigences aristocratiques. Mais il est généreux et de bonne volonté. Je le formerai.

Higgins avait sorti son carnet noir et, sous la rubrique « Antony Cormack », prenait des notes.

– Il est tard, inspecteur. Je n'ai pas envie de parler de mon mari toute la nuit. J'attends vos explications.

Lady Ruth se massait le haut du front avec délicatesse.

– Scotland Yard vient de repérer un suspect. Un jeune homme qui a un trait physique caractéristique : une tache de vin sur la joue droite. Il se nomme Gary Wells.

– Je ne l'ai jamais vu. Ni à Londres ni à Shakespeares' Lodge. Suspect... pourquoi employer ce terme?

– Parce que Gary Wells est peut-être responsable de la mort de Sir Charles Williams.

– Vous voulez dire... l'assassin?

Lady Ruth avait cessé de se masser le front.

– Gary Wells est en fuite, révéla Higgins. Scotland Yard le recherche.

– Mais... pourquoi a-t-il tué mon mari?

– Votre ex-mari, rectifia Higgins avec un bon sourire.

Le masque de nuit, de couleur orange, remplit sa fonction de manière inattendue en dissimulant les réactions qui auraient pu s'inscrire sur le visage de Lady Ruth.

– Gary Wells vendait de l'opium, expliqua Higgins. Les comédiens ont souvent le trac. Les plus naïfs croient que l'usage de la drogue leur permettra d'être meilleurs sur scène.

– Sir Charles ne fréquentait pas ce genre de personnage, lança Lady Ruth, dédaigneuse.

– Hélas si, indiqua Higgins. Wells semble même être devenu l'un de ses intimes.

Lady Ruth se voila la face.

– Mon Dieu! Est-il donc tombé si bas? Mais pourquoi, pourquoi! Charles était un homme noble, rigoureux, presque moralisateur... Tout cela est un peu ma faute. En le quittant, je lui ai ôté tout équilibre. Il n'a pas supporté mon départ.

Reprenant le contrôle d'elle-même, l'aristocrate s'occupa de ses sourcils.

– J'ai une autre hypothèse pénible à vous soumettre, dit Higgins avec gravité.

– Qu'est-ce qu'il y a encore?

– Il est probable que Sir Charles achetait de la drogue à Gary Wells.

L'ex-femme du grand comédien se leva, excédée. Contrairement à ce qu'elle avait appris au cours de son éducation, elle parla en faisant de grands gestes, comme si elle avait été française.

– C'est une infamie! Une basse calomnie! On veut jeter le discrédit sur Sir Charles et sur moi-même! Que cette fausse information ne soit pas divulguée ou je fais un procès à Scotland Yard pour diffamation!

Higgins attendit que l'orage se calmât. Lady Ruth avait quelques dons de tragédienne. S'apercevant qu'elle ne suscitait aucune réaction chez son interlocuteur, elle revint à un ton plus calme.

– Avez-vous des preuves de ce que vous avancez, inspecteur?

– De fortes présomptions, répondit Higgins. Lorsque nous aurons retrouvé Gary Wells, nous le ferons avouer.

– Eh bien, s'exclama Lady Ruth avec passion, si ce Wells ose affirmer que Sir Charles se droguait, ce sera un menteur! Il méritera d'être pendu mille fois.

– Ce serait sans doute excessif, objecta l'ex-inspecteur-chef. Pourquoi une certitude si ancrée, Lady Ruth?

– Parce que Charles Williams haïssait la drogue. Lors de ses tournées aux Indes, il avait constaté les ravages qu'elle infligeait aux organismes. « La drogue, disait-il, c'est bon pour les acteurs qui jouent des pièces modernes. Comme le texte est incompréhensible, personne ne s'apercevra de rien. Pour un interprète de Shakespeare, il faut mémoire, rigueur et maintien. La drogue tuerait ma carrière ».

– Pourtant, Sir Charles était lié à ce Wells. Les témoignages sont formels.

Lady Ruth tordit entre ses mains un mouchoir en dentelle.

– Il est possible qu'il ait acheté de la drogue, admit-elle. Mais ce n'était pas pour lui. Je suis vraiment très fatiguée, inspecteur. Auriez-vous l'obligeance de vous retirer?

Higgins ne pouvait outrepasser les limites de la bienséance. Du moins à ce stade de l'enquête.

– Soyez remerciée pour votre parfaite collaboration, Lady Ruth. Et soyez également certaine que j'identifierai l'assassin de votre mari.

Higgins sortait quand l'aristocrate le rappela.

– Une dernière chose, inspecteur... méfiez-vous du souffleur.

CHAPITRE XIII

Higgins et Marlow quittèrent Londres à minuit et demi. Les routes étaient glissantes mais il avait cessé de pleuvoir. L'herbe mouillée avait cette odeur envoûtante qui envahit les sens et procure une paix toute simple, une communion directe avec une nature offerte aux éléments.

La campagne anglaise ravissait Higgins. Secrète et accueillante à la fois, elle avait conclu un pacte avec l'homme, qui pouvait y habiter à condition de lui accorder un maximum de liberté et de respect. Aucun jardin anglais ne ressemblerait jamais à ces ensembles français taillés à la serpe et à la cisaille, aux lignes impeccables, aux allées rigides, aux bosquets enfermés dans des formes froides. Un arbre ne devait-il pas pousser là où il avait choisi de vivre?

Scott Marlow, qui n'avait pas l'âme bucolique, se concentrait sur sa conduite.

– Avez-vous progressé, Higgins?

– Plus ou moins, superintendant.

– J'ai lancé les avis de recherche. Gary Wells ne passera pas à travers les mailles du filet. Par moments, j'aimerais mieux ne jamais le revoir. La disparition de Sir Charles resterait une affaire classée.

– Lady Ruth est persuadée que son ex-mari ne se droguait pas.

– Ah? Elle pourrait en témoigner?

– Sûrement. Elle croit qu'il avait acheté de la drogue pour l'un de ses proches.

Scott Marlow reprit subitement espoir.

– L'a-t-elle nommé?

– Le souffleur, Michael Rolcomb.

Le superintendant appuya sur l'accélérateur, dépassant la vitesse autorisée.

– Et nous partons pour Shakespeares' Lodge afin de l'arrêter séance tenante! Superbe, Higgins. Plus de scandale et un coupable tout désigné!

– Coupable de quoi, mon cher Marlow?

– Eh bien... Vous venez de le dire vous-même : de se droguer et d'avoir assassiné son ami Sir Charles, probablement dans un accès de démence.

– J'ai le sentiment que vous outrepassez quelque peu ma pensée, superintendant. Si Michael Rolcomb avait assassiné Sir Charles, il aurait agi à Shakespeares' Lodge, ne croyez-vous pas? Qu'il se drogue n'est pas encore un fait acquis. L'accusation est portée par Lady Ruth.

– Cette femme sait ce qu'elle dit, estima le superintendant. Elle ne parle pas à tort et à travers. Michael Rolcomb a pu quitter son grenier et se rendre à Londres pour y assassiner Sir Charles.

– Et le mobile?

– Nous le découvrirons. L'important, c'est de tenir un coupable qui nous évite tout scandale.

– Pas au prix de la vérité.

Marlow grommela une réponse indistincte.

– Vous n'êtes pas un policier à déguiser les événements pour éviter un scandale, affirma Higgins.

– Evidemment non. Mais avouez que ce souffleur ferait un assassin idéal.

– C'est selon, mon cher Marlow.

Les deux policiers n'échangèrent plus un mot jusqu'à l'entrée du domaine de Sir Charles. L'air était lourd. Higgins écouta le vent qui soufflait dans les arbres, les faisant se tordre comme des prisonniers suppliciés. Malgré la fraîcheur de la nuit, un orage s'annonçait.

Shakespeares' Lodge avait une allure sinistre.

Quand les deux policiers descendirent de la Bentley, une chouette les survola.

– Les fauves sont peut-être lâchés, suggéra Scott Marlow. Je klaxonne pour prévenir l'Hindou.

Les sons aigrelets émis par l'avertisseur ne rassurèrent pas le superintendant. Au loin, le manoir restait plongé dans les ténèbres. Higgins poussa le portail, ouvert. La surveillance se relâchait.

– Ce maudit domestique n'a pas entendu... Pourquoi être venus en pleine nuit, Higgins? Ne pouvions-nous attendre demain matin?

– Il faut surprendre les gens à l'improviste, mon cher Marlow. C'est une des règles d'or de notre métier. Si nous y allions?

Scott Marlow verrouilla les portières de la Bentley et vérifia qu'il n'en avait oublié aucune. Cet endroit ne lui disait rien qui vaille. De jour, il ne lui avait pas paru réjouissant. Par une nuit d'orage, il devenait franchement angoissant. Surtout avec un tigre et un gorille qui pouvaient rôder dans les parages. Mains croisées derrière le dos, Higgins marchait vite. Selon l'astrologie orientale, l'ex-inspecteur-chef était du signe du chat. Bien qu'il n'accordât aucun crédit à ces anciennes superstitions, Higgins admettait qu'il possédait bien toutes les qualités du félin, notamment la faculté de voir dans les ténèbres et d'éviter sans peine les obstacles qui se présentaient. Les deux hommes arrivèrent sans encombre jusqu'à la véranda victorienne.

Un bruit de pas précipités sur le gravier alerta Scott Marlow.

– Higgins, attention! Le tigre!

L'ex-inspecteur-chef se plaça devant le superintendant.

– N'ayez aucune crainte, mon cher Marlow. Il ne s'agit que d'un bipède.

– Qui est-ce? L'Hindou ou le souffleur?

Higgins ne répondit pas. Marlow se préparait à protester vigoureusement contre ce mutisme quand une flamme éclaira la nuit.

Un flambeau à la main, Chankara descendait les marches du perron.

– Scotland Yard... Voilà qui est inattendu, messieurs. Une urgence?

– Nous venons installer notre quartier général, comme prévu, indiqua Higgins.

– Vos chambres sont prêtes. Nous avons une panne d'électricité. Je suis en train de réparer. C'est pourquoi le portail est ouvert.

– Vous... vous n'êtes pas armé? s'étonna Scott Marlow.

– A quoi bon? Il n'y a pas de rôdeurs, par ici. Et quand l'heure de notre mort est arrivée, pourquoi lutter? Ce monde n'est qu'illusion. Notre existence aussi.

– En attendant, exigea Scott Marlow, conduisez-nous. J'ai froid et j'ai sommeil.

– J'avais pris soin de chauffer vos lits, déclara Chankara, presque obséquieux. J'espère que vous passerez une excellente nuit.

***

Comme d'ordinaire, Michael Rolcomb se leva à six heures du matin. Il lut d'une traite le premier acte du *Marchand de Venise*, puis déclama à plusieurs reprises une scène de *Roméo et Juliette*. Ces exercices quotidiens étaient suivis d'une longue péroraison à haute voix dans laquelle il accusait le défunt Sir Charles d'ingratitude et d'ignorance. L'homme qu'il avait encouragé et formé ne lui avait pas donné sa chance. Il l'avait empêché de devenir un grand comédien. Alors qu'il commençait à invectiver sans ménagement le monstre qui l'avait condamné à vivre dans un grenier, on frappa à sa porte.

Le fait ne s'était jamais produit à une heure aussi matinale.

Michael Rolcomb prit peur. Il eut envie d'appeler la police. Mais il n'avait pas le téléphone.

– Qui... qui est-ce?

– Inspecteur Higgins. Je vous apporte le breakfast.

Michael Rolcomb ne fréquentait plus la société des hommes depuis fort longtemps. Que Scotland Yard se préoccupât du petit déjeuner des citoyens avait cependant de quoi surprendre.

– Vous... vous n'êtes pas Chankara?

– Vous devriez reconnaître ma voix, monsieur Rolcomb. Un professionnel comme vous ne peut pas se tromper sur ce point.

Le souffleur en convint en lui-même. C'était bien l'organe de l'inspecteur du Yard.

Il ouvrit sa porte et découvrit l'ex-inspecteur-chef Higgins tenant un plateau alléchant : pain au cumin, harengs séchés, langue de bœuf froide, œufs au bacon, café fumant.

– Je n'ai rien pu faire de mieux, s'excusa Higgins. J'espère que ce menu vous plaira.

Le souffleur regarda le breakfast avec une expression béate.

– Quelle merveille... quelle splendeur... Je peux toucher?

– Le mieux serait de poser le plateau sur votre bureau.

Michael Rolcomb eut une réaction inattendue : d'un revers de la manche, il balaya les pièces de Shakespeare et ses notes de travail.

Puis, dès que Higgins eut accompli son office, le souffleur se jeta sur la nourriture, prenant à peine le temps de respirer entre chaque bouchée.

L'ex-inspecteur-chef, qui avait consommé un breakfast du même type dans la cuisine de Shakespeares' Lodge, regarda avec satisfaction le reclus prendre plaisir au petit festin qu'il lui avait préparé.

Enfin, Michael Rolcomb parut rassasié. Il avala coup sur coup deux tasses de café.

– Que c'était bon!

– Chankara ne vous apporte-t-il pas à manger?

– Quand il y pense... Et ce n'est pas tous les jours. J'ai tenté de faire des incursions dans la cuisine. Il a failli me tuer! C'est un homme très vindicatif, très méchant. C'est pourquoi je suis obligé de me terrer ici. Quand Charles était présent, il me protégeait. Il me permettait de descendre au bord de la piscine et de prendre un verre. Ça rendait l'Hindou furieux. S'il avait pu me noyer... Je suis en sursis, inspecteur. Chankara aura ma peau.

– Pourquoi rester ici?

– Partir... pour aller où? Ça fait tant d'années... Je ne connais plus rien du monde extérieur. Je préfère mourir ici, même si je dois être trucidé. Je me défendrai. Je me barricaderai. Il ne m'aura pas facilement.

Higgins inspecta à nouveau le minuscule univers. En dépit du désordre apparent, chaque chose semblait avoir une place précise. Nulle trace de poussière.

– Sortez-vous parfois la nuit, monsieur Rolcomb?

– Moi... Eh bien... Comment dire...

– Cette nuit, en arrivant, je vous ai aperçu près de la véranda. Une promenade habituelle?

Le souffleur baissa la tête.

– Oui, inspecteur. Le tigre et le gorille sont en cage. Chankara dort. C'est le seul moment où je peux m'évader. Je me promène un peu. L'exercice... c'est indispensable pour garder du souffle.

Higgins, qui possédait un excellent nez, ne décelait pas dans le grenier l'odeur caractéristique de l'opium.

– Chankara vous a-t-il menacé directement de vous tuer?

– Ce n'est pas son genre, inspecteur. Il se contente de vous regarder fixement, comme son tigre. Plus d'une fois, j'ai cru qu'il allait se jeter sur moi et m'étrangler.

Le souffleur s'aperçut qu'il restait un morceau de bacon dans une assiette. Il le croqua prestement.

– Qu'est-ce qui motive cette haine, monsieur Rolcomb?

– Aucune idée.

– C'est difficilement crédible. Chankara n'exercerait-il pas un chantage sur vous? Ne connaîtrait-il pas un aspect caché de votre existence?

Michael Rolcomb hocha la tête négativement.

– Toute mon existence est cachée... dans ce grenier. Et toute ma fortune se trouve autour de vous! Il lui faudrait une meilleure victime. Il me hait parce que je suis là, tout simplement. Il veut cette maison pour lui seul. Pour un Hindou, occupation vaut possession. Il ne reste qu'un petit obstacle : Michael Rolcomb. Il faudra donc que Michael Rolcomb disparaisse.

– Lui avez-vous expliqué que la réalité juridique risquait d'être sensiblement différente?

– On n'explique rien à Chankara, inspecteur. Il a son monde à lui et c'est le seul valable. Tout le reste n'est qu'illusion. Il a décidé d'avoir cette maison, il l'aura. Aucun juge n'y pourra rien. Ce n'est même pas pour lui... mais pour ses animaux! Jamais il ne les laissera partir pour un zoo.

Higgins, qui ne souffrait pas de claustrophobie, commençait quand même à se sentir un peu à l'étroit. Il demanda à son hôte l'autorisation d'ouvrir la minuscule lucarne.

– Jamais le matin! Avec l'humidité, ce serait désastreux pour mes livres.

Le souffleur serra contre lui un exemplaire défraîchi de *Macbeth*. Higgins n'avait discerné ni édition rare ni reliure de prix dans les ouvrages accumulés par Michael Rolcomb.

– De graves soupçons pèsent sur vous, monsieur Rolcomb.

Le souffleur eut un sourire mi-amusé, mi-inquiet.

– Chankara m'accuse de lui avoir volé de la tarte aux pommes, n'est-ce pas? C'est un menteur. De plus, il l'a fait très mal. Elle est immangeable.

– Les accusations portées par Lady Ruth sont beaucoup plus sérieuses.

– Lady Ruth! s'exclama le souffleur, brandissant son exemplaire de *Macbeth*. Elle ne m'a jamais aimé! Elle a insisté cent fois auprès de Sir Charles pour me faire expulser. Il lui a résisté, par bonheur. Je suis certain qu'elle me considère comme responsable du divorce.

– Aurait-elle fait alliance avec Chankara? demanda Higgins.

– Avec un domestique? Vous n'y pensez pas! Lady Ruth ne sort pas de son aristocratie. Pour elle, regarder un domestique risque de lui abîmer les yeux. Alors, une alliance!

– Elle vous accuse de vous droguer avec de l'opium.

Higgins sentit que les mots mettaient un temps certain pour parvenir au cerveau de son interlocuteur. Enfin, celui-ci parut comprendre.

– Moi? Me droguer? Cette femme est devenue complètement folle! Son mariage lui est monté à la tête!

– Sir Charles achetait de l'opium, indiqua Higgins. Pour qui?

– Pas pour lui-même, en tout cas.

Michael Rolcomb prit un temps de réflexion.

– C'était pour Chankara, avoua-t-il. L'Hindou avait l'habitude d'en fumer, dans son pays. Ce n'était pas considéré comme un vice là-bas. Il n'est pas vraiment drogué... Il se contente de petites quantités. Moi, je n'ai pas besoin de ça. Comme drogue, le théâtre me suffit.

Higgins n'avait repéré aucun indice intéressant dans le réduit occupé par le souffleur, aucun détail insolite. Il reprit donc le plateau.

– Bonne journée, monsieur Rolcomb. Nous nous reverrons.

CHAPITRE XIV

Chankara n'était pas content.

L'inspecteur de Scotland Yard s'était levé avant lui, avait préparé lui-même son breakfast et en avait servi un autre au souffleur.

Chankara n'était plus maître chez lui. Depuis toujours, il se méfiait de la police. Ses soupçons se trouvaient pleinement confirmés. L'arrivée dans la cuisine du superintendant Marlow, l'œil embrumé et la démarche hésitante, ne les dissipa pas. Celui-là aussi lui causerait des ennuis.

– Bonjour, superintendant. Avez-vous bien dormi ?

– Je n'ai pas fermé l'œil. Il y a un volet qui claque. Vous seriez aimable de le réparer. Je prendrai un café serré et des petits pois au bacon.

Tandis que Chankara s'affairait à ses fourneaux, Higgins fit son entrée dans la cuisine. Les salutations matinales effectuées et le plateau déposé, l'ex-inspecteur-chef expliqua à son collègue qu'il commençait à fouiller Shakespeares' Lodge de fond en comble. Chankara n'eut aucune réaction. Scott Marlow annonça qu'il se joindrait à Higgins dès que son breakfast serait terminé.

L'ex-inspecteur-chef commença ses investigations par le bric-à-brac étalé devant la piscine. Il souleva et déplaça quantité d'objets inutiles et sans valeur. Sa patience fut cependant récompensée quand il mit au jour un coffret en bois blond de la taille d'une malette. Il était fermé par des boutons pression qui jouèrent difficilement. A l'intérieur, une pipe à opium en trois morceaux, un fourneau, un porte-fourneau en argent finement ciselé, un oreiller pour la tête du fumeur et des boulettes d'opium.

Higgins fit aussitôt part de sa découverte à Scott Marlow. Ce dernier convoqua le domestique hindou. L'ex-inspecteur-chef marchait le long de la piscine, Marlow s'était assis sur un fauteuil en rotin. Chankara se tenait debout, les bras le long du corps, devant le superintendant.

– Connaissiez-vous l'existence de cet objet?

– Oui, superintendant, répondit Chankara.

– Savez-vous de quoi il s'agit?

– D'un nécessaire à opium pour le voyage. Une très belle pièce de collection.

– A qui appartenait-elle?

– A Sir Charles.

– Fumait-il l'opium?

– Je n'ai pas à me prononcer sur les habitudes de mon maître.

Scott Marlow ne supportait pas le comportement de cet Hindou. Obtenir des réponses précises de sa part relevait du miracle.

– Vous-même, monsieur Chankara, intervint Higgins, prenez bien de l'opium?

– Cela m'arrive, de temps à autre. A titre de remède et en très petite quantité.

– Qui vous le fournissait?

– Sir Charles.

– Où est votre réserve?

– Dans un des placards de la cuisine.

– Ce nécessaire à opium, indiqua Higgins, contient une belle quantité de drogue. Le saviez-vous?

– Non, inspecteur.

– Ce sera tout pour le moment.

L'Hindou disparu, Scott Marlow laissa paraître ses inquiétudes.

– Eh bien, voici la preuve que Sir Charles se droguait.

– C'est plutôt la preuve du contraire, objecta Higgins. A présent, cette affaire d'opium me paraît éclaircie. Si Sir Charles avait été un drogué, il aurait emporté ce nécessaire dans l'appartement qu'il a loué à Londres. Un opiomane ne peut pas se passer longtemps de son vice. Ce nécessaire est une pièce de collection. Il n'a pas été ouvert depuis bien longtemps. Sir Charles achetait un peu d'opium à Gary Wells et le donnait à Chankara, sans doute pour l'usage médicinal qu'il a avoué.

– En ce cas, estima Scott Marlow, Sir Charles serait blanchi et la piste Gary Wells deviendrait tout à fait sérieuse... Ce petit brigand a probablement tenté de faire chanter Sir Charles. Et si ce dernier n'avait loué son modeste appartement londonien que pour rencontrer Wells en toute tranquillité?

– Possible, estima Higgins.

– Sir Charles avait le sens de l'amitié. Il voulait continuer à fournir l'opium nécessaire à Chankara. Mais il n'accepta pas les conditions du maître-chanteur. Il y a eu bagarre et accident. Ou meurtre prémédité. Vous m'avez bien dit que l'on pouvait pénétrer facilement dans cet appartement sans être repéré par le gardien?

– Sans aucun doute, mon cher Marlow.

– En ce cas, nous tenons l'assassin. Dès que nous aurons arrêté Wells, il nous avouera les détails de son crime.

– Vous oubliez la femme à la voilette.

– Une complice?

– Possible. Il est encore trop tôt pour se prononcer.

– Nous pouvons donc rentrer à Londres.

– Pas encore, superintendant. Je suis persuadé qu'il y a d'autres trouvailles à faire dans cette maison. Je vous confie le reste du bric-à-brac. Je m'occupe de la chambre de Sir Charles.

Scott Marlow pesta intérieurement contre l'obstination de son collègue. Quel plan avait-il encore conçu? Sans grand enthousiasme, le superintendant se mit au travail.

Higgins, en revanche, éprouvait une satisfaction certaine. Pour la première fois depuis le début de son enquête, il progressait de manière sensible.

La chambre de Sir Charles Williams avait un charmant caractère intime. On s'y sentait bien, détendu. On avait envie de s'asseoir dans l'un des fauteuils et de regarder les flammes danser dans la cheminée. Chankara avait pris soin d'y remettre une grosse bûche, prévoyant une matinée fraîche. L'endroit fleurait bon la grande bourgeoisie britannique, ancrée dans ses certitudes et son confort.

Mais tout cela n'était-il pas un décor de théâtre?

Cette chambre ne ressemblait pas au caractère de Sir Charles. Un grand professionnel certes, mais aussi un passionné quelque peu excentrique.

Ses amitiés le prouvaient, la grande pièce à la piscine le démontrait. En passant au premier étage de sa demeure, se serait-il métamorphosé en un être conventionnel? Higgins ne le pensait pas.

Si Sir Charles avait dissimulé quelque chose d'important, c'était ici et nulle part ailleurs.

Dans la chambre, un meuble avait particulièrement attiré l'attention de l'ex-inspecteur-chef : le secrétaire dos-d'âne. Le meuble trompe-l'œil par excellence. Masters ne lui avait-il pas consacré un chapitre entier de son grand traité de criminologie, la Bible des plus fins limiers du Yard?

Higgins avait une très grande pratique des dos-d'âne.

Celui de Sir Charles Williams, par sa taille, la qualité de son bois, la beauté de sa finition, se présentait comme un exemplaire hors du commun.

Un dos-d'âne avait pour fonction majeure, lorsqu'il fut inventé au XVIIIe siècle, de dissimuler des documents et des papiers. Sur celui-ci, quelques programmes de représentations théâtrales où Sir Charles avait, bien entendu, tenu le premier rôle.

Les tiroirs les plus accessibles ne contenaient que des stylos et des encriers. Higgins les examina quand même avec soin, avant de s'occuper de la trappe située au centre du meuble. C'était là, d'ordinaire, que le propriétaire du dos-d'âne cachait ses lettres les plus privées.

Mais la trappe ne s'ouvrait que sur un compartiment vide.

Higgins tendit le bras. Il y avait une seconde trappe derrière la première. Le dispositif était rare. L'acheteur était prié, d'ordinaire, d'utiliser un miroir pour observer la partie dissimulée et pour accéder à ce qu'on nommait « la cave ».

Cette dernière contenait un objet. Un magnifique stylo datant du début du siècle.

L'ex-inspecteur-chef était un peu déçu. Il espérait autre chose. La pièce était belle et avait beaucoup de valeur, certes, mais elle serait insuffisante pour découvrir la vérité. Sans doute Sir Charles avait-il rédigé un texte important avec ce stylo. Mais où se trouvait le document?

Il y avait d'autres cachettes possibles, encore plus rares, sous les tiroirs supérieurs. Mais là encore, résultat négatif. Au toucher, cependant, un détail intrigua Higgins. Le placage intérieur était fin et lisse. C'était anormal. A cet endroit, le bois aurait dû être brut et rugueux. Ce dispositif devait dissimuler une autre « cave ».

Il fallut plus d'une demi-heure à Higgins pour découvrir le minuscule mécanisme de blocage qui libérait l'accès à un tiroir secret.

Ce dernier contenait deux documents de la plus haute importance : le journal intime de Sir Charles et un testament, signé de sa main, en faveur de Dorabella Fenwick.

***

Le superintendant Marlow était désespéré. Il déplaçait des vases qu'il avait déjà manipulés et recommençait, sans rien obtenir.

– Vous voilà enfin, Higgins! Il n'y a rien à tirer de ce bazar!

– Sans importance, mon cher Marlow. Notre enquête va changer d'âme.

Scott Marlow fronça les sourcils.

– Auriez-vous trouvé quelque chose?

– Ceci, dit Higgins en montrant à son collègue un cahier rouge : le journal intime de Sir Charles. Nous allons pouvoir procéder à de nouveaux interrogatoires grâce aux révélations qu'il contient.

– Permettent-elles d'accuser Wells de manière formelle?

– Non. Plusieurs personnes sont mêlées à cette affaire.

Scott Marlow laissa tomber une coupe en faux étain. Encore des complications à prévoir. Ce que lui demanda Higgins confirma ses craintes.

– Il faut faire venir ici Dorabella Fenwick et Lady Ruth. Je compte sur vous, superintendant, pour vous acquitter de cette tâche délicate. Le plus sage serait sans doute de repartir pour Londres et de les ramener dans votre Bentley.

– Mais... sous quel motif?

– Enquête criminelle, bien entendu. Leur présence est indispensable, au moins pendant quarante-huit heures. Vous êtes un excellent négociateur, superintendant. Cette démarche en vaut la peine, vous verrez.

– Mais... Lady Ruth est une véritable tigresse! Elle va alerter une armée d'avocats!

– Dites-lui que nous possédons un document nouveau qui l'incrimine directement. Elle viendra, soyez-en sûr.

– Mais...

Higgins accompagna le superintendant jusqu'à sa voiture. Le ciel était presque dégagé. Un frais vent d'ouest ne tarderait pas à ramener la pluie.

Quand il vit, à une cinquantaine de mètres, Rudyard campé sur ses pattes arrière, Scott Marlow démarra. Le tigre ne lui inspirait aucune confiance.

*
**

Chankara essuyait des casseroles en chantonnant une mélopée qui parlait des amours du gorille, le soir, sous les grands arbres. Quand il vit venir vers lui Higgins, un cahier rouge à la main, l'Hindou dut faire appel à toutes les ressources du yoga mental pour garder une apparence de calme.

– Je suppose que vous connaissez ce document, monsieur Chankara, dit l'ex-inspecteur-chef avec un bon sourire. Sir Charles y consignait ses pensées les plus intimes. Il va nous permettre d'avoir enfin une conversation sérieuse.

CHAPITRE XV

– Je suis en paix avec ma conscience, déclara l'Hindou. Ce monde n'est que mensonges et illusion. C'est pourquoi je m'en détourne.

Le domestique prenait soin de conserver le regard baissé vers ses casseroles pour éviter celui de Higgins.

– Le mensonge par omission n'est guère plus excusable que les autres, indiqua Higgins. Dorabella Fenwick n'est jamais venue ici et vous ne la connaissez pas : nous sommes bien d'accord sur ce point, n'est-ce pas?

Chankara astiqua avec davantage d'énergie. Il murmura une vague réponse, hochant la tête d'une manière peu significative qui laissait place à toutes les interprétations.

– Je n'ai pas bien compris votre réponse, monsieur Chankara.

L'Hindou choisit de se taire.

– Je vais vous aider, dit Higgins, paternel. Dorabella Fenwick est déjà venue à Shakespeares' Lodge. Sir Charles et elle étaient aussi discrets que possible. Mais impossible d'échapper à votre vigilance. Vous avez vu cette jeune fille. Pourquoi ne pas l'avouer?

Higgins tenait le cahier rouge en évidence. Chankara comprit qu'il ne pouvait plus continuer à nier l'évidence.

– C'est vrai, elle est venue...

– Combien de fois?

– A deux reprises, le week-end.

– Pourquoi me l'avoir caché?

– C'étaient les ordres de Sir Charles. Il ne voulait pas que l'existence de cette jeune femme fût connue.

Higgins parut désappointé. Il ouvrit le cahier rouge et en lut un passage.

– Ce n'est pas du tout ce que révèle ce texte, au contraire... Sir Charles ne cachait pas son intention d'épouser Dorabella Fenwick. Votre argument ne me paraît pas valable.

Le regard de l'Hindou se fit glacial.

– Il faudra pourtant vous en contenter, inspecteur.

– Certainement pas, monsieur Chankara.

Le combat ne dura pas longtemps. L'Hindou s'effondra.

– C'est entendu, inspecteur, je vous ai menti.

– Je le savais déjà, monsieur Chankara. C'est la cause de ce mensonge que je veux connaître.

L'Hindou baissa à nouveau les yeux. Son self-control se dégradait rapidement. Un autre homme apparaissait. Un être inquiet, presque fragile.

– Désirez-vous de nouveau un peu d'aide? suggéra Higgins. Je crois que vous connaissiez les intentions de Sir Charles. Sans doute vous avait-il même parlé du testament qu'il rédigeait. Est-ce bien exact?

Chankara hocha la tête affirmativement.

– Avez-vous lu ce testament et savez-vous où il se trouve?

– Non, inspecteur.

– Mais vous redoutiez beaucoup les projets de Sir Charles, n'est-ce pas? Après son divorce, vous espériez qu'il resterait seul, qu'il ne reprendrait pas de femme et qu'il finirait par vous léguer la maison, à vous, à Maggie et à Rudyard.

Chankara nia avec véhémence.

– Non, non, ce n'est pas du tout ça... j'y ai pensé, peut-être, mais il y a autre chose... Cette jeune femme, Dorabella, je l'ai vue, et puis...

– Et puis vous êtes tombé amoureux d'elle, n'est-ce pas?

– Non... Ce ne serait qu'illusion.

– Mais une illusion qui vous touche profondément. Quand vous avez appris la mort de Sir Charles, vous avez craint qu'on n'accuse Dorabella Fenwick d'avoir causé sa disparition directement ou indirectement. En omettant de me signaler sa venue ici, vous avez voulu la protéger.

Le silence de Chankara fut éloquent.

– Ce raisonnement est bien puéril, estima Higgins. Le comportement de cette jeune femme ne l'est pas moins. Elle sera ici, dans quelques heures.

Une joie intense traversa le regard du domestique. Cette fois, il ne tenta pas de juguler ses sentiments.

– Grâce vous soit rendue, inspecteur!

– Ne me remerciez pas. J'ai peur de devoir la soumettre à rude épreuve. Elle m'a menti, elle aussi. Si vous avez agi de la sorte, monsieur Chankara, cela implique un fait troublant : vous étiez persuadé que Sir Charles avait été assassiné.

– Oui, reconnut l'Hindou. Qu'avait-il à faire,

seul, dans cet appartement londonien? je suis sûr qu'il est tombé dans un piège.

– Tendu par qui?

– Un homme qui le haïssait : Michael Rolcomb.

– Ce malheureux ne sort pas de son grenier.

– Détrompez-vous, inspecteur. Chaque nuit, il fait une promenade dans le domaine. Il croit que je l'ignore.

– De là à se rendre à Londres pour y assassiner Sir Charles...

– Il y a une motocyclette en état de marche, dans l'ancienne écurie. Il a pu sortir sans bruit de Shakespeares' Lodge puis la mettre en marche suffisamment loin de la maison pour que je n'entende rien.

– Et il serait revenu sans que vous vous en aperceviez?

L'Hindou baissa à nouveau les yeux.

– Lorsque j'ai pris un peu d'opium, je suis dans une sorte de brouillard très doux, loin de ce monde illusoire. N'importe qui pourrait entrer et sortir.

– Pourquoi aurait-il commis ce meurtre?

– Je vous le répète : par pure haine. Il ne pouvait supporter la réussite de Sir Charles. Rolcomb est un raté. Il se prend pour un grand acteur dont le monde ne veut pas reconnaître le génie. Je le crois capable d'avoir monté une extraordinaire machination pour parvenir à ses fins.

– N'avez-vous pas pensé à un autre coupable?

Le regard de Higgins se fit incisif.

– Dorabella Fenwick, affirma l'ex-inspecteur-chef, avait une excellente raison de supprimer son amant : devenir une femme riche.

Chankara jeta au loin une casserole qui rebondit sur le carrelage de la cuisine.

– Dorabella n'était pas la maîtresse de Sir Charles. Il l'aimait comme un père. Elle le vénérait. Elle ne songeait pas à sa fortune. Et vous n'avez pas retrouvé ce fameux testament!

– Hmmm, commenta Higgins. Ne vous énervez pas, monsieur Chankara. Nous éclaircirons ces mystères. En attendant, préparez des chambres pour Mlle Fenwick et pour Lady Ruth.

– Lady Ruth...

Higgins montra le cahier rouge.

– Elle aussi a des révélations à me faire.

*
**

Higgins passa plusieurs heures à se promener dans le domaine de l'acteur défunt. Il goûta quelques moments agréables en compagnie de Maggie et de Rudyard. Le tigre était franchement sympathique et le gorille femelle fort affectueux. Le temps convenait à merveille à l'ex-inspecteur-chef : voilé, nuageux, frais et pluvieux. Arbres et pelouses, sous cette délicate lumière grise, prenaient une teinte mystérieuse que dissipait malencontreusement le moindre soleil. L'Angleterre resterait le plus élégant pays du monde tant qu'elle ne sombrerait pas dans la canicule. C'était l'un des rares domaines dans lesquels on pouvait être raisonnablement optimiste à long terme.

Cette longue méditation permit à Higgins de faire le point. Il entrevoyait mieux la vraie personnalité du grand comédien disparu. Il comprenait mieux aussi le texte de l'acte III, scène III, de

Hamlet, « une vie au souffle de laquelle sont suspendues et liées tant d'autres existences ». Lady Ruth, Dorabella Fenwick, Michael Rolcomb, Chankara, Gary Wells : tous, à un degré ou à un autre, étaient effectivement liés à l'existence de Sir Charles. Higgins ne pouvait même pas éliminer de la liste des suspects Antony Cormack et John Baker. L'un et l'autre dépendaient de leurs épouses respectives, ainsi reliés au destin du célèbre défunt.

Sir Charles était pourtant un homme seul. Il n'y avait eu personne à ses côtés pour le défendre contre le sort tragique qui le guettait. S'était-il revêtu d' « une puissante armure contre le malheur »? N'avait-il pas été imprudent dans le choix de ses relations? Pourtant, cet homme de fougue et de passion, ce notable au mode de vie anticonformiste, était aussi un calculateur. Le choix du dos-d'âne comme cachette contenant ses dernières volontés le démontrait.

Higgins savait qu'il était encore loin du but. Il pouvait proposer trois ou quatre reconstitutions du crime, sans qu'aucune s'imposât de manière définitive. C'était la preuve qu'il n'avait pas compris la nature de cet assassinat. Les solutions envisageables étaient simples, presque évidentes. Mais elles ne le satisfaisaient pas. Higgins avait le sentiment d'être manipulé par un génie du mal qui, sans sortir des ténèbres où il se terrait, provoquait une grande agitation autour de lui.

Il faudrait dont l'attirer hors de son territoire pour le démasquer avec certitude. C'est pourquoi l'ex-inspecteur-chef avait décidé de passer à l'offensive en utilisant les nouvelles armes à sa disposition. Scott Marlow lui aurait probablement reproché de légèrement dépasser les bornes de la légalité, mais y avait-il un autre choix?

« Un roi ne rend jamais le soupir que dans le gémissement de tout un peuple », avait écrit Shakespeare, offrant à quelques siècles de distance la clé d'une affaire criminelle. Le roi était Sir Charles; mais qui appartenait réellement à son peuple? Qui avait fait semblant d'être un fidèle sujet pour mieux le frapper dans le dos? Lorsque l'ex-inspecteur-chef aurait répondu à cette question, il connaîtrait le nom de l'assassin.

***

L'arrivée de Dorabella Fenwick se déroula dans une discrétion certaine. Vêtue d'un imperméable noir cachant une robe rose, la jeune femme avait pris le temps de se maquiller et de faire ondoyer sa chevelure blonde sur ses épaules.

Scott Marlow avait de la peine à la suivre, tant elle s'était mise à marcher vite une fois descendue de la vieille Bentley.

Higgins l'accueillit au bas des marches du perron. Il avait demandé à Chankara de rentrer plus tôt dans leurs cages Maggie et Rudyard, pour éviter tout accident. L'ex-inspecteur-chef vit que le joli visage de l'actrice exprimait un puissant sentiment de contrariété.

– Pourquoi m'avez-vous fait venir?

– Revenir, mademoiselle, rectifia Higgins.

Les yeux de Dorabella Fenwick s'enflammèrent. Mais elle n'eut pas le temps de lancer la réplique cinglante qu'elle préparait, car une série de coups de klaxon troubla la tranquillité de Shakespeares' Lodge. Lui succéda une longue tirade de femme en colère.

Lady Ruth Fynemore poussa devant elle son mari, Antony Cormack, portant avec peine deux lourdes valises.

Son épouse l'apostrophait avec véhémence.

– Elle a accepté de venir, expliqua Scott Marlow, à condition d'être accompagnée par son mari. Autant vous prévenir : elle compte vous faire une scène terrifiante et repartir dans la minute.

– Nous verrons bien, le réconforta Higgins, prêt à affronter la tempête. Conduisez Mlle Fenwick à l'intérieur, voulez-vous?

Jetant un regard furieux à Higgins, Dorabella Fenwick consentit néanmoins à suivre le superintendant.

– Nous en reparlerons, inspecteur.

– C'est tout à fait certain, opina Higgins.

Malgré sa musculature et son entraînement, le champion de golf fut assez nettement distancé par son épouse. Cette dernière avait revêtu un tailleur gris perle rehaussé d'un col de vison. « Elégance indéniable », jugea Higgins.

– Inspecteur, commença-t-elle sur un ton mordant, j'ai déjà prévenu le superintendant que je n'admettais pas ces méthodes policières inqualifiables. Je porterai plainte. Je ferai un scandale. Je mettrai en branle toutes mes relations. Je...

L'aristocrate s'interrompit brutalement. Elle venait d'apercevoir le cahier rouge que brandissait Higgins.

– Comment...

– C'est bien le journal intime de votre ex-mari, expliqua Higgins, souriant. J'ai lu beaucoup de pages intéressantes dans ce petit volume.

Acide, Lady Ruth se tourna vers son époux qui déposa les valises, essoufflé.

– Ce que tu peux être lent, Antony! On croirait que tu le fais exprès.

Chankara vint en aide au champion de golf. Ils entrèrent dans la demeure. Lady Ruth resta devant Higgins.

– Qu'avez-vous appris sur mon compte?

– Voici une question bien trop directe, déplora Higgins. Si nous allions nous asseoir dans la véranda? C'est un endroit propice aux confidences.

Lady Ruth serra les lèvres. A cause de ce maudit cahier rouge, elle était obligée de passer sous les fourches caudines installées par cet inspecteur du Yard.

Les lourdes arcatures métalliques de la véranda victorienne donnaient une impression de sécurité. La pluie commença à tomber et à résonner sur les carreaux quand Higgins avança un fauteuil de rotin pour permettre à son interlocutrice de s'asseoir. Sur un guéridon également en rotin blanc, Higgins avait posé une bouteille de porto provenant de la remarquable cave de Sir Charles.

La véranda, peuplée de plantes vertes montant jusqu'au plafond de verre, était un monde étrange, à la fois clos et ouvert. Clos sur lui-même, ouvert par sa transparence.

– C'est un lieu remarquable pour se détendre les nerfs, dit Higgins en offrant un verre de porto à Lady Ruth dont le chignon, toujours aussi compliqué, lui donnait un port de reine.

Higgins savait déjà que l'aristocrate ne serait pas facile à manœuvrer. Sous ses allures parfois provocatrices, elle cachait un cerveau bien organisé.

– Je vous écoute, inspecteur, pria-t-elle, impatiente.

– C'est une journée importante, Lady Ruth. Elle vous donne l'occasion de rencontrer Dorabella Fenwick, la jeune protégée de votre ex-mari.

– Un affront dont je me serais bien passée!

– Peut-être trouverez-vous un terrain d'entente, espéra Higgins.

– Aucune chance. Nous avons sans doute mieux à faire que d'évoquer cette petite grue. Je n'ai rien à me reprocher, vous le savez bien. Pourquoi m'importuner de la sorte?

– Le journal intime de Sir Charles, répondit Higgins, admirant un yucca qui réussissait à survivre grâce à des engrais. Pourquoi ne pas avoir définitivement rompu avec votre ex-mari?

– J'ai rompu.

– Non, Lady Ruth, vous veniez régulièrement ici, qu'il soit ou non présent.

– Bien sûr que non, je ne... Bon, je l'admets. Cette maison était ma maison.

– Elle ne l'était plus, Lady Ruth. Sauf dans votre esprit. Tirer un trait sur le passé vous était impossible. Votre mari était-il vraiment au courant de ce type d'excursions?

– Antony n'a aucun contrôle à exercer sur mes activités, inspecteur.

Higgins passait de plante en plante, flattant quelques larges feuilles brillantes.

– Donc, une fois par mois, l'ex-femme de Sir Charles venait passer quelques heures à Shakespeares' Lodge. Pour quelle raison? L'amour des animaux? L'envie de vous promener dans une nature splendide?

– Cessez de vous moquer de moi, inspecteur. J'ai horreur de ça.

– Répondez à ma question, Lady Ruth.

L'aristocrate se leva et regarda le domaine à travers l'une des vitres de la véranda. Sa voix devint douce et grave.

– Je ne parvenais pas à oublier ce domaine, c'est vrai. J'y ai passé trop d'heures merveilleuses en compagnie de Charles. Cela vous paraîtra ridicule, bien sûr, mais l'âme d'une femme est parfois si naïve... Charles a dû en parler, dans son journal intime?

– Il y a des allusions, en effet. Vous m'avez convaincu. Si vous souhaitez retourner à Londres, je ne vous retiens pas.

– Je suis heureuse d'être ici. Antony le comprendra. Puis-je vous poser une question? Une simple curiosité à satisfaire.

– Je vous en prie.

– Où était caché le journal intime de Charles? Il m'en avait souvent parlé, mais il l'avait mis soigneusement à l'abri.

– Ce fut un heureux hasard, Lady Ruth. J'aime les beaux meubles anciens. Je suis tombé sur le secrétaire dos-d'âne dans la chambre de Sir Charles. J'ai fait fonctionner un tiroir secret et j'y ai découvert ce texte.

Higgins expliqua à Lady Ruth le fonctionnement des mécanismes internes du meuble.

– Ces artisans du passé avaient l'esprit tortueux, inspecteur.

– Il fallait bien des coffres-forts. Et ceux-là étaient esthétiques.

– Lorsque l'enquête sera terminée, pourrai-je obtenir ce journal intime? Je suppose qu'il contient des notations sur notre existence commune... Ces souvenirs me seraient précieux.

– Je ferai ce qui est en mon pouvoir pour vous satisfaire.

– Merci, inspecteur. Je vais me changer pour le dîner.

Higgins demeura un instant dans la véranda. Caché par les plantes, il vit s'enfuir quelqu'un qui avait probablement écouté avec attention l'entretien qu'il venait d'avoir avec Lady Ruth.

L'ex-inspecteur-chef se flattait, bien qu'il ne fût plus un tout jeune homme, de posséder une excellente vue. Si elle ne le trompait pas, la silhouette qui avait disparu si vite possédait des cheveux blonds.

CHAPITRE XVI

Le dîner servi par Chankara fut sinistre.

Lady Ruth avait choisi un nouveau décolleté vertigineux dévoilant un dos parfait. Dorabella Fenwick était restée fidèle à une robe rose. Antony Cormack avait choisi pull-over à carreaux et culotte de golf, estimant que ce séjour champêtre lui permettrait d'éviter le smoking. Higgins avait adopté le parti du classicisme : blazer bleu et pantalon de flanelle gris. Quant au superintendant Marlow, il continuait à porter un costume bleu pétrole à la coupe douteuse.

Le domestique hindou avait servi une soupe au cresson et un gratiné d'endives. La soupe était tiède, le gratiné collant. Antony Cormack avait tenté d'animer la conversation en racontant quelques-uns de ses plus beaux exploits. Ils ne déridèrent pas Dorabella Fenwick qui n'entendait rien au golf et n'amusèrent pas Lady Ruth qui les connaissait déjà.

Les deux femmes, que l'ex-inspecteur-chef avait présentées l'une à l'autre, semblaient bien décidées à ne pas s'adresser la parole. Antony Cormack, constatant l'échec de ses louables efforts, interrompit son récit. Scott Marlow, peu mondain de nature, ne s'aventurait pas dans une conversation futile. Higgins n'avait nullement l'intention de dissiper l'atmosphère de plus en plus lourde qui régnait dans l'immense pièce de Shakespeares' Lodge où le dîner était servi, face à la piscine. Atmosphère qui était extrêmement favorable à une tension de plus en plus vive entre les participants à cette délicieuse soirée.

Chankara apporta le poulet au curry.

Un silence glacial régnait.

La simple odeur du plat devait écœurer un individu doté d'un odorat normal.

Le drame se produisit au moment où le domestique hindou servait Lady Ruth. Un coup de tonnerre éclata, faisant sursauter Dorabella Fenwick, à laquelle Higgins avait promis un entretien après le dîner. Peut-être ce déchaînement céleste était-il la cause du geste malencontreux dont Chankara se rendit coupable. Alors que sa cuillère surplombait la robe de Lady Ruth, l'objet s'inclina trop brusquement, déversant son contenu sur l'aristocrate.

Lady Ruth se leva en hurlant. Le poulet au curry avait souillé sa robe de satin.

– Espèce d'imbécile! Mais qu'est-ce qui vous prend?

Avec un calme surprenant, Chankara posa le plat sur la table et présenta des excuses.

– Un domestique, me parler sur ce ton! Des excuses? Etes-vous devenu fou? Vous êtes renvoyé, Chankara! Quittez cette maison immédiatement!

L'Hindou ne parut pas démonté par cette attaque frontale.

– Cette maison ne vous appartient plus, Lady Ruth. Vous n'êtes pas la femme de Sir Charles.

Lady Ruth eut, un instant, le souffle coupé. Elle se tourna vers son mari.

– Antony... Tu ne vas pas me laisser insulter de la sorte?

Le champion de golf se leva et voulut prendre son épouse dans ses bras.

– Laisse-moi tranquille! Je te demande d'anéantir ce rustre!

– Mais voyons, chérie...

– Espèce de lâche!

– Personne n'est lâche devant Dieu, déclara Chankara, toujours aussi calme. Nous devons tous le rencontrer un jour, riche ou pauvre, même si ce monde n'est qu'illusion. Le plus tôt sera le mieux.

Lady Ruth jeta un regard haineux au domestique et quitta la grande salle.

Antony Cormack demeura les bras ballants.

– Je devrais peut-être la rejoindre...

– Si je puis me permettre, dit Chankara, je préciserai à Monsieur que le poulet au curry se mange chaud.

Le domestique continua son service. Le champion de golf choisit de se rasseoir, adressant un sourire gêné aux autres convives.

– Quand elle est dans cet état-là, expliqua-t-il, personne ne peut la raisonner.

Le téléphone sonna. Le domestique interrompit sa tâche pour aller décrocher. La conversation fut brève.

– Scotland Yard pour le superintendant Marlow, annonça-t-il.

Chacun sentit qu'il se passait quelque chose d'important. Le silence s'épaissit.

Quand le superintendant réapparut, il était radieux.

– Désolé d'interrompre le repas. Je dois m'entretenir d'urgence avec l'inspecteur Higgins.

Higgins, non sans avoir adressé un regard bienveillant à Dorabella Fenwick pour lui rappeler leur rendez-vous, suivit son collègue dans le vestibule.

– Une nouvelle extraordinaire, Higgins : nous tenons Gary Wells!

– Félicitations, mon cher Marlow. Dans quelles circonstances a-t-il été arrêté?

Le superintendant parut gêné.

– Arrêté, n'est pas le mot exact...

– Est-il blessé?

– Il est en excellente santé. En fait, il s'est constitué prisonnier. Il se cachait dans une ferme, en Ecosse. Il s'est rendu au poste de police, a expliqué qu'il avait peur et qu'il ne serait en sécurité qu'en prison. Il a refusé d'en dire davantage. Les policiers l'ont d'abord expulsé...

– N'avaient-ils pas d'avis de recherche?

– C'est un tout petit village d'Ecosse... et Wells n'avait pas dit son nom. Il a insisté. On ne voulait pas le garder. Il a frappé un policier, indiquant qu'il y aurait ainsi un motif pour l'arrêter. Il a précisé qu'il ne parlerait qu'au superintendant Marlow et à l'inspecteur Higgins. J'ai demandé son transfert à Londres. Je rentre immédiatement. L'affaire Williams est sans doute terminée.

– Je vous rejoindrai demain matin.

– Comment voyagerez-vous?

– Le ciel y pourvoira, mon cher Marlow.

– Pourquoi ne pas renvoyer tous ces gens et venir avec moi? Wells ne sera sans doute pas très docile.

– On peut tout espérer d'un homme qui entrevoit la prison comme un havre de paix, jugea

Higgins. La nuit s'annonce passionnante, à Shakespeares' Lodge. Je ne voudrais pas manquer le spectacle.

***

Dorabella Fenwick attendait Higgins au bord de la piscine. La mine boudeuse, comme à son arrivée, elle était installée dans une chaise longue en rotin qu'elle avait réussi à déplier. Higgins préféra marcher, très lentement, de long en large.

– Le temps est venu de vous expliquer, ne croyez-vous pas?

– A quel propos?

– Vos mensonges, mademoiselle. Pourquoi ne pas m'avoir avoué que vous étiez venue ici en compagnie de Sir Charles?

La comédienne semblait plus triste qu'agressive.

– C'est Chankara qui m'a trahie, n'est-ce pas?

Higgins montra le cahier rouge.

– Vous étiez donc bien la maîtresse de Sir Charles. Voici son journal intime. Le reconnaissez-vous?

– Je n'ai jamais vu ce cahier! Charles Williams ne peut pas avoir écrit une chose pareille. C'est faux. Je voulais être sa meilleure élève, rien de plus. C'est pour cela que je taisais ma venue dans cette demeure. J'étais persuadée que tout le monde en déduirait que nous avions une liaison. Comme Charles voulait faire de moi son héritière, on en aurait vite conclu que j'étais devenue sa maîtresse pour mieux obtenir un testament en ma faveur avant de le tuer.

Dorabella Fenwick étira ses longues jambes minces. Elle avait ôté ses chaussures, découvrant des pieds admirables.

– Vous êtes très séduisante, reconnut Higgins, et vous le savez. Cette conclusion est en effet fort crédible. Pourquoi n'y croirais-je pas moi-même?

– Parce que c'est une fable stupide, inspecteur. Sir Charles était un homme malheureux. La fortune et la gloire ne lui suffisaient pas pour être heureux. Son divorce l'avait beaucoup éprouvé. Je pense qu'il aimait encore Lady Ruth. Elle partageait probablement ses sentiments. Sinon, pourquoi serait-elle venue ici régulièrement? Mais elle était impossible, exubérante, d'une jalousie farouche. Elle le voulait pour elle seule. Charles avait besoin de respirer. Elle ne l'a pas compris.

Chankara apparut à l'autre extrémité de la piscine.

– Pardonnez-moi de vous importuner. Un M. Baker demande à voir Mlle Fenwick.

– Votre fiancé? interrogea Higgins.

– Je l'ai appelé peu après mon arrivée, révéla Dorabella Fenwick. Cette maison me fait peur. Je ne veux pas être seule dans ma chambre.

– Dois-je faire entrer ce monsieur? demanda le serviteur hindou.

– Faites, mon ami.

La comédienne courut à la rencontre de John. Ils s'étreignirent longuement.

– Excusez cette intrusion, dit le jeune premier. Mais Dorabella paraissait si perdue, si inquiète... J'ai cru bon de venir immédiatement.

– J'aurais agi comme vous, admit Higgins. Chankara va vous montrer votre chambre. J'ai encore quelques détails à examiner avec votre fiancée.

Chankara conduisit son hôte. La jeune femme était plus détendue.

– Cette peur est plutôt surprenante, estima Higgins. Quelle en est la raison?

– Ne laissez-vous jamais les gens en paix, inspecteur?

– D'ordinaire, je les évite au maximum. Mais dans une enquête criminelle, je tiens à les connaître aussi parfaitement que possible, jusque dans le secret de leur âme. Ils l'ignorent parfois eux-mêmes.

La comédienne fut impressionnée par les paroles de l'ex-inspecteur-chef. Elle sentit que pas une seule trace de mensonge ne subsisterait si cet homme-là avait décidé d'établir la vérité.

– Autant tout vous expliquer, consentit-elle, puisque vous savez que je suis venue ici. J'ai peur... à cause de Chankara.

Elle s'interrompit quelques instants. Higgins la laissa en proie à ses démons. Elle avait gardé trop longtemps le secret. Il lui fallait un peu de temps pour trouver ses mots.

– Lors de mon second week-end à Shakespeares' Lodge, expliqua-t-elle, Chankara m'a fait une sorte de déclaration d'amour. J'étais complètement abasourdie. Je l'ai repoussé, bien sûr, mais il est revenu à la charge. Avec une attitude étrange, inquiétante...

– Vous êtes-vous confiée à Sir Charles?

– Non, c'était trop grotesque... trop indécent.

– A-t-il continué à vous importuner?

– Importuner n'est pas le terme juste, inspecteur. Chankara me parlait avec beaucoup de douceur. Il implorait, il suppliait... Je n'avais aucune raison de le craindre.

– Mais vous aviez peur.

– Sans raison.

– Depuis la mort de Sir Charles, s'est-il signalé à vous d'une manière ou d'une autre?

La comédienne hésita.

– Oui... il m'a téléphoné. Il m'a demandé de revenir ici pour me remettre des souvenirs de Sir Charles. J'ai refusé.

– Pourquoi donc!

– Cette peur étrange... Sa seule présence m'effraie. C'est... c'est irrationnel.

– Moins que vous ne l'imaginez, jugea Higgins. Je crois qu'il est temps d'aller nous coucher. Ah... un dernier détail : pourquoi vous cachiez-vous pour écouter ma conversation avec Lady Ruth?

Dorabella Fenwick rougit.

– Je me demandais... si vous n'alliez pas parler de moi. Si elle n'allait pas me calomnier, vous dire des horreurs sur mon compte...

– Avez-vous entendu?

– Non. Les vitres de la véranda sont épaisses. Je ne suis restée qu'une minute. J'ai eu honte de mon attitude. C'était un comportement irresponsable.

Dorabella Fenwick se leva et se chaussa.

– Passez une bonne nuit, mademoiselle.

– Où comptez-vous dormir, inspecteur?

– Cette chaise longue me conviendra tout à fait.

*
**

La nuit s'était étendue sur Shakespeares' Lodge. Il ne tombait plus qu'une petite ondée. Le ciel demeurait si couvert qu'on ne voyait pas la lune. Chacun des hôtes avait gagné sa chambre. Une seule restait inoccupée, à la demande de l'ex-inspecteur-chef : celle de Sir Charles Williams. En hommage à la mémoire du disparu, selon la déclaration faite par Higgins devant tous les invités.

L'ex-inspecteur-chef ne dormait pas. Il réfléchissait à la meilleure tactique à suivre. D'un côté, la piste qu'il avait lui-même tracée. De l'autre, l'opportunité qui s'était présentée par hasard pendant le dîner. Hasard tout relatif d'ailleurs, puisque Higgins avait créé le climat nécessaire pour qu'elle se produise.

Minuit venait de sonner aux pendules de Shakespeares' Lodge. La dernière lumière, celle de la fenêtre de la chambre de Chankara, venait de s'éteindre. Plus un bruit dans la vaste demeure, à part le grincement des parquets et des poutres. La maison respirait. Les boiseries exprimaient leurs soupirs nocturnes.

Higgins se leva. Il avait fait son choix. Un choix logique, correspondant à l'invitation lancée par Chankara : « Nous devons rencontrer Dieu... Le plus tôt sera le mieux. » C'est pourquoi Higgins, se déplaçant sans bruit, à la manière d'un chat, sortit de la demeure et prit la direction de la chapelle.

CHAPITRE XVII

La chapelle, désaffectée depuis longtemps, était à l'abandon. Les bancs de bois, rongés par les termites, ne tarderaient plus à tomber en poussière. Les vitraux avaient disparu. Le vent s'engouffrait en rafales par les fenêtres hautes, désagrégeant d'immenses toiles d'araignées qui, inlassablement, se reconstituaient.

Higgins se dissimula derrière le confessionnal. Il fut obligé de rester debout. La quantité de poussière lui interdisait de s'asseoir, sous peine de défigurer son pantalon de flanelle grise.

L'ex-inspecteur-chef avait une idée assez précise de ce qui allait se produire. Mais une vérification sur le terrain s'imposait.

Un quart d'heure après qu'il eut pris sa faction, Higgins vit arriver Chankara. L'Hindou regarda autour de lui, écarta quelques toiles d'araignées et se tint devant le baptistère à moitié effondré.

Quelques minutes plus tard arriva Lady Ruth Fynemore. Elle avait abandonné sa robe décolletée pour un survêtement de sport. Elle avança d'un pas hésitant à l'intérieur de la chapelle.

– Je suis ici, annonça Chankara.

Bien qu'elle s'attendît à la présence de l'Hindou, l'aristocrate sursauta.

– Je ne vous vois pas... Où êtes-vous?

– Devant le baptistère. Venez.

– Je préfère rester ici. Je vous entends très bien. Je n'ai pas du tout apprécié votre convocation.

– Aucun autre moyen de nous entretenir discrètement, Lady Ruth. Moi, je n'ai pas apprécié vos menaces. Ne vous avisez pas de recommencer.

Lady Ruth s'enflamma.

– Vous n'êtes qu'un valet prétentieux! De quel droit osez-vous me parler sur ce ton?

– Du droit de mes convictions. Je sais que vous voulez me chasser de ce domaine, vendre mes animaux à un zoo.

– Ce sont exactement mes intentions. Ne comptez plus sur moi pour vous payer et payer leur nourriture. Je l'ai fait depuis la mort de Sir Charles. Maintenant, c'est fini.

– Sûrement pas.

– Vous êtes devenu fou!

– Bien sûr que non. Si vous agissez mal, je parle à la police.

Il y eut un long silence.

– Pour leur dire quoi? demanda Lady Ruth.

– Vous le savez.

– Vous inventez. Vos menaces sont gratuites.

Chankara ricana.

– Bien sûr que non. N'avons-nous pas une ennemie commune, Lady Ruth? Quelqu'un qui pourrait nous chasser d'ici tous les deux? Si le testament rédigé par Sir Charles en faveur de cette Dorabella était retrouvé, elle deviendrait propriétaire de cette maison et aurait la fortune de votre ex-mari. Quelle défaite, pour vous comme pour moi... Je serais obligé de partir et vous perdriez beaucoup d'argent.

– C'est possible, admit Lady Ruth. Mais ce testament n'a pas été retrouvé.

– Forcément, ironisa l'Hindou.

– Pourquoi cette certitude?

– Parce que vous l'avez détruit de vos propres mains. Sir Charles l'avait laissé sur son secrétaire. Fatale imprudence pour sa protégée... Depuis toujours, vous fouillez dans ses papiers. Lui l'ignorait, pas moi.

– Vous... vous m'espionniez!

– Tout ce qui se passe dans cette maison m'intéresse. Quand vous avez déchiré le testament, je me tenais derrière la porte. J'ai vu et entendu. Quelle colère, Lady Ruth! Vous avez traité cette jeune femme de noms si injurieux que je n'oserais même pas les répéter.

– Vous n'avez aucune preuve.

– Certes. Mais Scotland Yard sera quand même intéressé par ma confession. N'oubliez pas que Sir Charles a été assassiné.

– Ce n'est pas prouvé non plus.

– Parierons-nous que l'inspecteur Higgins arrivera à le démontrer? Je miserai en sa faveur. Dans ce cas, si je parle, vous serez une suspecte idéale. Une fois le testament détruit, ne fallait-il pas supprimer Sir Charles pour qu'il n'ait pas le loisir d'en écrire un autre?

– Vous divaguez.

– Pour prix de mon silence, Lady Ruth, je ne veux qu'une chose : l'argent nécessaire pour nourrir mes animaux et entretenir cette maison. Je suis un homme pacifique. Mes exigences sont modestes. Ne me poussez pas à bout. Ce n'est pas moi, votre ennemi, mais Dorabella Fenwick.

– Comment pourrais-je avoir confiance en vous?

– Ai-je parlé à la police? Vous n'avez pas le choix, Lady Ruth. Ce sera moi ou la prison.

***

Dès que l'entretien fut terminé, Higgins sortit par une porte latérale et passa par un chemin détourné pour revenir vers la grande demeure. Caché par les arbres, il fut obligé de marcher rapidement pour entrer le premier dans la chambre de Sir Charles. Par bonheur, ses genoux fonctionnèrent à la perfection.

L'ex-inspecteur-chef s'accroupit derrière un fauteuil au haut dossier. En se penchant légèrement du côté de la cheminée, il apercevait le dos-d'âne.

Comme il le supposait, Lady Ruth pénétra à son tour dans la pièce. Pour ne pas faire de bruit, elle s'était déchaussée. L'aristocrate avait une excellente mémoire. Elle appliqua à la lettre la technique d'investigation que lui avait apprise Higgins. Elle accéda ainsi à toutes les cases du dos-d'âne, agissant avec une main très sûre.

Elle s'autorisa un profond soupir.

Lady Ruth était rassurée. Sir Charles n'avait pas rédigé de second testament en faveur de Dorabella Fenwick.

***

Le petit déjeuner fut aussi sinistre que le dîner. Tous s'étaient réunis autour de la piscine. Chankara avait servi des œufs au bacon, des toasts, de la marmelade, du thé et du café. Dorabella Fenwick et Lady Ruth évitaient de se regarder. Antony Cormack et John Baker tentèrent d'entretenir une conversation d'ordre strictement météorologique pour éviter tout conflit.

– Pouvons-nous rentrer à Londres? demanda Lady Ruth.

– Rien ne vous en empêche. L'enquête, grâce à votre coopération à tous, a beaucoup progressé. Soyez-en remerciés, au nom de Scotland Yard.

– Pourquoi le superintendant Marlow a-t-il disparu? interrogea le champion de golf.

– Un suspect vient d'être arrêté. Peut-être est-il lié à l'assassinat de Sir Charles.

– Qui est-ce? questionna Dorabella Fenwick.

– Je n'ai pas le droit de vous répondre, déplora Higgins.

– Ce breakfast est infect, affirma Lady Ruth. Prépare-toi, Antony. Nous partons.

Le joueur de golf se leva.

– Je ferme les valises et je descends.

– Comment rentrez-vous à Londres, inspecteur? demanda Dorabella Fenwick.

– Vous me prenez au dépourvu, mademoiselle. Je n'avais rien prévu.

– Permettez à John et à moi-même de vous offrir une place dans notre voiture.

– Vous me rendez un grand service. Le superintendant m'attend pour interroger le suspect qui a été appréhendé.

Lady Ruth jeta un regard haineux à la jeune actrice. Elle venait de lui voler la vedette. Antony Cormack venait, une fois encore, de se signaler par son manque d'à-propos. « Exactement l'inverse de Charles », pensa-t-elle, vexée.

– Je demanderai une élémentaire prudence, dit Chankara. Maggie et Rudyard sont dehors, pour leur promenade matinale. Je vais les rentrer dans leur cage et les nourrir pour que vous puissiez circuler sans danger. Veuillez attendre à l'intérieur de la maison.

– C'est exaspérant, commenta Lady Ruth. Nous sommes en Angleterre, pas aux Indes.

– Chacun sa passion, objecta Antony Cormack. Moi, c'est bien le golf.

– C'est tout de même moins dangereux, releva John Baker.

– Ne croyez pas ça, jeune homme! Une balle frappée par un professionnel atteint des vitesses incroyables. Au dernier tournoi que j'ai joué, par exemple, j'ai...

– Vos histoires sportives sont assommantes, Antony. Occupez-vous donc des valises.

Le joueur de golf obéit.

– Désolé, dit-il à l'intention de John Baker. Le devoir m'appelle. Nous aurons peut-être l'occasion d'en reparler.

– Sûrement pas, intervint Lady Ruth avec sécheresse. Nous ne frayons pas avec n'importe qui. Et surtout pas avec des comédiens.

Dorabella Fenwick s'interposa, furieuse.

– Sir Charles était pourtant un comédien, me semble-t-il.

Le visage de Lady Ruth se crispa au point de s'enlaidir.

– Je vous interdis de parler de mon mari.

Un instant, Higgins crut que les deux femmes en viendraient aux mains. Antony Cormack s'interposa avec douceur.

– Voyons... Des dames de qualité ne vont pas se battre en public. Et puis, ma chère Ruth, ton mari, c'est moi...

Il voulut lui prendre le bras. Elle se dégagea.

– Ne m'appelle pas « ma chère Ruth ». Ça m'exaspère. Je t'attends près de la piscine.

Lady Ruth, d'une démarche somptueuse, quitta l'assemblée pour aller s'asseoir dans un fauteuil en rotin. Elle se tourna vers le mur, signifiant ainsi qu'elle n'adresserait plus la parole à quiconque.

– M'accorderez-vous quelques minutes? demanda Higgins à John Baker. Je ne suis pas encore tout à fait prêt.

– Bien volontiers, inspecteur! Nous-mêmes avons à régler quelques détails.

Higgins, s'assurant qu'il n'était ni suivi ni épié, monta jusqu'au réduit où se terrait le souffleur. L'ex-inspecteur-chef ressentait une vague inquiétude. Depuis qu'il s'était levé, son instinct lui commandait de se méfier. Cette journée avait le goût du malheur. Mais il était incapable de prévoir de quelle manière il allait se produire. Exaspérante faiblesse. Comment lutter contre elle?

Higgins frappa.

– Scotland Yard, annonça-t-il. Vous pouvez ouvrir.

Michael Rolcomb obtempéra.

– Qu'est-ce que vous me voulez encore?

Higgins exhiba le cahier rouge.

– Qu'est-ce que c'est que ça? demanda le souffleur.

– Le journal intime de votre disciple, Charles.

– En quoi ça me concerne? Vous auriez mieux fait de m'apporter un autre breakfast. Pour un policier, vous faites rudement bien la cuisine. Si vous désirez changer d'activité, vous avez de l'avenir.

Higgins feuilleta le cahier.

– Il y a des pages qui vous concernent.

– Ça m'étonnerait. Charles ne pensait jamais à

moi. Me consacrer une seule ligne lui aurait arraché le cœur.

Higgins s'adossa à une pile de livres.

– Le moment est venu de me dire la vérité, monsieur Rolcomb.

– Quelle vérité? La mienne ou celle de Charles?

Les joues molles du souffleur s'affaissèrent. Son menton pendait de manière lamentable. Un réflexe de dignité lui fit redresser un nœud papillon qui s'inclinait dangereusement.

– Oublions un moment Sir Charles, recommanda Higgins, et préoccupons-nous de vos activités nocturnes.

– Je vous ai déjà tout dit.

– Je ne crois pas, monsieur Rolcomb. Vous avez été beaucoup trop allusif. Le journal intime fait référence à votre goût pour la motocyclette. Vous étiez un acrobate, paraît-il.

Le souffleur leva des yeux éplorés vers l'ex-inspecteur-chef.

– Charles s'est souvenu de ça? Pas croyable... pas croyable.

– Ce n'est qu'une anecdote, estima Higgins, mais elle laisse beaucoup à penser. Imaginez que vous ayez beaucoup prolongé l'une de vos discrètes randonnées, que vous ayez enfourché cette motocyclette et que vous ayez pris la direction de Londres. Plus exactement celle des appartements « Fields » où résidait votre ancien ami Charles.

– Connais pas cet endroit.

Higgins consulta plusieurs petits volumes contenant des pièces de Shakespeare. C'est alors qu'il repéra un détail qui lui avait échappé. Toutes les pages de garde comportaient un cachet : Ambrosian Theatre.

– Vous êtes encore capable d'utiliser un engin motorisé, monsieur Rolcomb. Tromper la surveillance de Chankara ne vous posait pas de problème. N'auriez-vous pas trouvé une excellente occasion de vous venger enfin de l'homme que vous haïssiez le plus au monde?

Michael Rolcomb n'eut pas le temps de répondre.

Un hurlement lui déchira les oreilles.

CHAPITRE XVIII

Malgré ses blessures, Chankara était resté lucide. L'homme avait une résistance exceptionnelle qui fit l'émerveillement du médecin qui s'occupait de le soigner.

Un car de police et une ambulance étaient arrivés très vite sur les lieux du drame. Par bonheur, les jours du domestique hindou n'étaient pas en danger. A la surprise générale, il parvint même à se mettre debout. Il répétait inlassablement la même phrase : « Ne tuez pas Maggie et Rudyard. Ils ne sont pas responsables. »

En entendant les hurlements, Dorabella Fenwick était sortie sur le perron. Elle avait vu presque toute la scène. Le tigre, furieux, n'obéissait plus à son maître. Il refusait de le suivre et de prendre la direction de la cage. Le gorille femelle se révoltait également. Chankara avait réussi à les tenir en respect quelques instants, mais les deux animaux, redevenant sauvages, s'étaient déchaînés contre leur maître. Que Chankara eût échappé à la mort relevait du miracle. L'Hindou, blessé, ensanglanté, avait su crier les ordres nécessaires pour stopper l'ardeur des deux brutes.

Personne n'avait osé aller à son secours.

Chankara s'était effondré dans l'herbe. Maggie et Rudyard, comme ébahis par l'acte qu'ils venaient de commettre, s'étaient regardés l'un l'autre. Puis le gorille avait vacillé sur le côté et était tombé sur le sol, les yeux exorbités. Le tigre s'était couché sur le flanc, la langue pendante.

Bien qu'il ne fût pas vétérinaire, le médecin n'avait eu aucun mal à établir que Maggie et Rudyard avaient été drogués. On leur avait administré un excitant, sans doute dans leur repas du soir. Dans ces circonstances, ils devaient être jugés irresponsables. En Angleterre, le respect de l'animal n'était pas un vain mot. Savoir que Maggie et Rudyard étaient innocentés soulagea Chankara plus sûrement que n'importe quelle médication. Le bras gauche cassé, le torse et le front bandés, les jambes lacérées, le domestique hindou refusa d'aller à l'hôpital. Sans lui, qui nourrirait Maggie et Rudyard?

Le médecin promit de venir le soigner chaque jour jusqu'à sa complète guérison. Il adorait les tigres et ne détestait pas les gorilles. Si la santé des animaux défaillait, il enverrait un vétérinaire. L'un des policiers, également grand amateur de fauves, s'engagea à faire une ronde quotidienne tout en apportant de la nourriture. Quand Higgins eut la certitude que l'Hindou serait assez rapidement sur pieds, même dans un état médiocre, il donna l'autorisation définitive de partir à ses invités, sans leur poser la moindre question.

Exaspérée par tous ces contretemps, Lady Ruth, qui n'avait pas accordé le moindre regard de pitié à Chankara, prit elle-même le volant de la Rolls-Royce et démarra sèchement. Antony Cormack, très impressionné par la vue du sang, avait presque tourné de l'œil et se révélait incapable de conduire.

Dorabella Fenwick et John Baker gardèrent le silence jusqu'à Londres. Le drame semblait les avoir bouleversés. Higgins, assis à l'arrière de la voiture, n'interrompit pas leur méditation. La mort qui rôdait, et dont l'ex-inspecteur-chef avait pressenti la présence, avait bien frappé. Cette fois, elle avait raté son but.

Le jeune couple eut la délicatesse de déposer Higgins devant Scotland Yard.

Alors qu'il regardait l'automobile s'éloigner, l'ex-inspecteur-chef tira sur les pans de son imperméable Tielocken, le plus classique et le plus élégant des vêtements de pluie. D'ordinaire, il était impeccablement ajusté. Cette fois, un renflement le gêna.

Il y avait quelque chose dans la poche droite. Higgins en sortit un morceau de carton sur lequel était collée une étiquette. Y était écrit le nom de Dorabella Fenwick. En haut, à gauche, celui de l'expéditeur : Gary Wells.

Ce dernier avait expédié un paquet à la jeune actrice. Elle avait donc joué la comédie à Higgins en feignant de ne pas connaître le vendeur de drogue.

Quelqu'un l'avait dénoncée.

Higgins avait accroché son imperméable à une patère du vestibule de Shakespeares' Lodge. N'importe laquelle des personnes présentes dans la demeure avait pu glisser ce document dans la poche de l'imperméable.

*
**

Le superintendant Marlow était d'une humeur massacrante. Gary Wells était bien arrivé d'Ecosse, encadré par deux policiers, mais il refusait de répondre aux questions. Il avait simplement exigé la présence de Higgins pour livrer sa confession en bonne et due forme. Malgré l'insistance de Scott Marlow, il restait fermement campé sur ses positions.

Quand l'ex-inspecteur-chef entra dans le bureau du superintendant, ce dernier explosa.

– Enfin vous voilà, Higgins! Je vous attends depuis de longues heures. Où étiez-vous passé?

– Maggie et Rudyard ont failli tuer Chankara. Mais leur responsabilité a été dégagée par le corps médical. Notre Hindou l'a échappé belle.

L'ex-inspecteur-chef donna à son collègue les explications nécessaires.

– Incident domestique, jugea Scott Marlow. J'ai beaucoup plus sérieux ici. Ce Wells est une redoutable tête de mule. Nous ne serons pas trop de deux pour le faire avouer.

Deux policiers en uniforme amenèrent Gary Wells dans le bureau du superintendant Marlow. Le vendeur de drogue, mal rasé, les cheveux hirsutes, paraissait fatigué et désabusé. Sourcils drus et lèvres gonflées donnaient à son visage une expression de lourdeur d'où l'enthousiasme avait disparu. La tache de vin, mangeant sa joue droite, ne lui conférait guère le statut de jeune premier qu'il avait revendiqué.

– Content de vous revoir, inspecteur, dit-il à Higgins d'une voix éteinte.

– Vous paraissez très fatigué, monsieur Wells.

– Depuis que je me suis enfui, je n'ai presque pas dormi. L'angoisse. Même dans la ferme, en Ecosse, j'avais peur qu'on m'assassine.

– Qui veut vous assassiner? demanda Scott Marlow.

– Le joueur de golf, Antony Cormack. Je l'ai déjà dit.

Le superintendant, excédé, frappa du poing sur son bureau. Gary Wells, effrayé, fit un pas en arrière.

– Ça ne tient pas debout, Wells! Tenez-vous tranquille et répondez à nos questions. Vous désiriez la présence de l'inspecteur Higgins? Le voici. A présent, je veux des explications claires.

– Je suis prêt à vous les donner, superintendant. C'est mon intérêt. Je tiens à ma peau. Je parle, vous me mettez en prison et vous arrêtez l'assassin.

– Je sais ce que j'ai à faire, Wells! Vous n'allez quand même pas me dicter ma conduite!

Higgins n'était pas persuadé que Scott Marlow utilisât la meilleure méthode pour mettre le témoin à l'aise. Mais il se trouvait dans son bureau – trop impersonnel à son goût – et la politesse exigeait qu'il lui abandonnât l'initiative.

– Avez-vous vendu de la drogue à Sir Charles? interrogea le superintendant.

– Un peu d'opium, de temps à autre. Mais ce n'était pas vraiment de la drogue.

– Ah bon? Et de quoi s'agissait-il?

– D'une sorte de médicament. Les comédiens sont souvent morts de peur avant d'entrer en scène. Un peu d'opium, ça leur détend les nerfs. C'est pourquoi j'ai décidé de faire du théâtre. Enfin, de me dire comédien pour pouvoir pénétrer dans les coulisses de théâtres. Là, j'ai repéré les plus paniqués et je les ai aidés à surmonter leur trac. Dans le fond, je suis une sorte de bienfaiteur.

– De bienfaiteur... répéta Scott Marlow, étonné de l'aplomb de son interlocuteur.

– J'avais une bonne petite clientèle, reconnut Gary Wells, goguenard, mais ça suffisait à peine à nourrir son homme. C'est pourquoi j'ai attaqué les cours privés. Ils sont remplis de jeunes qui sont encore plus paniqués que les professionnels. Ça ne démarrait pas trop mal. Au cours de Sir Charles Williams, je me suis fait repérer par le régisseur. Le grand patron lui-même a voulu me voir. Je m'attendais à une sacrée volée de bois vert. Les risques du métier... Mais ça s'est passé tout autrement. « Vous avez une bonne voix de théâtre, mon garçon, et vous m'êtes sympathique », a-t-il dit. « En plus, j'ai besoin de vos services. »

– Sir Charles était donc bien un opiomane, conclut Scott Marlow, attristé.

– Pas du tout, protesta Gary Wells. Il me commandait un peu d'opium, mais ce n'était pas pour lui. Il m'en achetait régulièrement pour un de ses amis. Pour moi, c'était le paradis. Il me payait si largement que je n'avais plus besoin de démarcher ailleurs. En plus, on discutait souvent.

– De quoi donc?

– De n'importe quoi... Sir Charles était curieux de tout. Je lui racontais la manière dont on vivait dans la rue. Il écoutait attentivement. « Shakespeare a vécu au milieu du peuple, disait-il. Il faut le connaître pour bien jouer certaines scènes. »

– Vous croyez que je vais avaler ça? s'exclama

Scott Marlow avec une trivialité que Higgins désapprouva intérieurement.

– C'est la vérité, affirma posément Gary Wells. J'ai passé de bons moments avec cet homme-là. Il me jouait des scènes entières et me demandait comment je réagissais, ce que je comprenais, ce que j'aimais. Ça aurait pu durer des années s'il n'y avait pas eu un casse-pieds.

– Qui donc?

– Un élève du cours qui m'a repéré. Je vendais un tout petit peu d'opium à une fille quand il m'est tombé dessus. Il m'a bourré de coups de pied et m'a fichu dehors. J'étais plutôt furieux, vous imaginez. Alors, je suis allé me plaindre à Sir Charles. Je n'ai pas mâché mes mots. Je lui ai carrément annoncé que je disparaîtrais dans la nature si on ne me laissait pas tranquille. On s'est un peu énervés, l'un et l'autre.

– Quelqu'un a-t-il été témoin de cette altercation?

– Je n'en sais rien. Qu'est-ce que ça pourrait faire?

– Continuez, monsieur Wells.

– Après cette petite histoire, Sir Charles et moi, ç'a été de nouveau le beau fixe. Simplement, je n'allais plus à son cours pour ne pas l'ennuyer. C'est quand il m'a emmené dans l'immeuble où il voulait installer son futur théâtre, son théâtre à lui, que tout s'est gâté. A cause de ce golfeur sadique. Je lui aurais bien cassé la tête, à ce dingue. Mais il est plus costaud que moi.

– Vous parlez sans doute de M. Antony Cormack?

– Cormack... cette brute... C'est lui qui veut ma peau, vous comprenez! Parce que je suis témoin!

– Témoin de quoi, Wells!

Le faux jeune premier parut stupéfait.

– Mais... vous ne comprenez pas! J'ai entendu ses menaces de mort contre Sir Charles! Je peux témoigner, prouver qu'il est un assassin!

– Baissez le ton! ordonna le superintendant, excédé. Prouver... vous ne pouvez rien prouver du tout. La vérité n'est sûrement pas celle-là, Wells. A mon avis, vous avez inventé cette histoire pour vous dédouaner. C'est vous qui avez tué Sir Charles et vous allez nous dire de quelle manière.

– Moi? Tuer Sir Charles? C'est absurde! Il me protégeait, il...

– Il vous payait votre drogue. Un jour, il a décidé d'arrêter ce trafic. Vous vous êtes vengé.

– Connaissez-vous les appartements « Fields »? demanda Higgins.

Gary Wells se troubla.

– Non, ça ne me dit rien...

– Ce n'est pas très logique, souligna Higgins. Supposons que vous ayez dit la vérité. Sir Charles ne voulait plus vous recevoir à son cours. Mais il désirait, pour des raisons professionnelles, poursuivre ses entretiens avec vous. Il a donc loué le dernier endroit où l'on s'attendait à voir un homme tel que lui. Il vous y donnait probablement rendez-vous.

– Non, on se voyait dans l'immeuble du futur théâtre.

Higgins n'insista pas. Il avait pris un certain nombre de notes intéressantes qui lui permettraient de rectifier telle ou telle analyse.

– Qu'avez-vous à nous apprendre de plus, monsieur Wells? interrogea-t-il avec bonhomie.

– Arrêtez Cormack. C'est lui qui a fait lc coup. Moi, je suis innocent.

– En ce cas, conclut Higgins, pourquoi encombrer une cellule? Le superintendant Marlow et moi-même n'avons, en effet, aucune accusation précise à formuler contre vous.

Scott Marlow protesta, indigné.

– Mais la drogue...

Higgins regarda son collègue d'une manière qui interdisait toute réplique.

– M. Wells nous a précisé qu'il s'agissait d'un médicament, mon cher Marlow. Nous pouvons donc lui rendre sa liberté.

– Entendu, grommela Scott Marlow, que le plan de Higgins n'enchantait pas.

Gary Wells s'approcha du bureau du superintendant.

– Holà, holà! Ça ne va pas, cette combine! Je n'en veux pas, moi, de votre liberté! Je suis un témoin en danger, moi! Si je sors d'ici, on va me retrouver le crâne ouvert et vous concluerez qu'il s'agit d'un accident!

– Je vous ai déjà demandé de baisser le ton, rappela Scott Marlow. Sortez de mon bureau. L'interrogatoire est terminé.

– Et le policier sur lequel j'ai tapé, en Ecosse? Ça n'a pas suffit? Je vais faire mieux!

Gary Wells se rua sur Scott Marlow et tenta de déchirer les pans de son costume. Higgins appela les hommes en faction dans le couloir. Le vendeur d'opium fut rapidement maîtrisé. On lui passa les menottes et on le conduisit en prison. Cette fois, il avait réussi : agression sur la personne d'un superintendant du Yard dans l'exercice de sa fonction. Scott Marlow n'avait pas le droit de passer l'éponge sur un tel affront.

– Wells a vraiment peur, conclut le superintendant, constatant que son veston devait être en partie recousu.

– Il n'a peut-être pas tort, dit Higgins énigmatique.

CHAPITRE XIX

Ambrosian Theatre : ces deux mots ne fourniraient-ils pas à Higgins une clé essentielle pour comprendre les dessous de « l'affaire Williams »?

Malheureusement, ce théâtre-là n'existait pas dans la liste des établissements londoniens se consacrant à l'art dramatique. Au terme de ses investigations improductives, il ne restait plus à Higgins qu'à consulter une seconde fois son ami William Stafford. Il ne décrocha qu'à la deuxième sonnerie.

– Higgins? As-tu arrêté le coupable?

– Pas encore, William. Je bute sur une énigme théâtrale.

– Laquelle!

– As-tu entendu parler d'un Ambrosian Theatre?

– Non... je ne vois pas.

Higgins cacha sa déception. Si William Stafford ne voyait pas, qui pourrait le renseigner? Cela signifiait-il que l'Ambrosian Theatre n'avait existé que dans l'imagination de Michael Rolcomb?

– Je vais chercher, Higgins. Me donnes-tu un peu de temps?

– Je te rappelle dans la soirée.
– Compte sur moi pour faire le maximum.

***

Upper Brook Street était défoncée par les services de la voierie. Diverses machines se mettaient en route, répandant un bruit intolérable. Higgins songea avec émotion au calme de sa demeure de The Slaughterers qu'il avait quittée depuis bien trop longtemps.

Le vacarme était si assourdissant que l'ex-inspecteur-chef dut sonner et frapper assez fort pour être entendu. Ce fut John Baker qui lui ouvrit la porte.

– Inspecteur! Prendez-vous un café avec nous?

– Volontiers.

Dorabella Fenwick n'était pas encore habillée. Vêtue d'un délicieux déshabillé rose, elle marchait de long en large, une tasse de café dans la main gauche, *Roméo et Juliette* dans la droite. Sa voix mélodieuse ressuscitait la tendre et passionnée Juliette. Son allure incarnait à la fois le charme et la passion. Si Higgins en avait eu le temps, il aurait volontiers assisté à la totalité de la pièce. Mais une enquête criminelle avait ses exigences.

– Oh! inspecteur! Pardonnez-moi... John, tu n'aurais pas dû ouvrir... ma tenue...

Dorabella Fenwick se précipita dans la salle de bains.

– J'ai commis une bourde, admit son fiancé, mais elle est tout de même décente.

– C'est indéniable, monsieur Baker. Vous êtes-vous remis, l'un et l'autre, du drame de Shakespeares' Lodge?

– Nous avons été choqués, il est vrai... Ce tigre et ce gorille avaient l'air si bien dressés... Avez-vous des nouvelles du domestique hindou?

– Elles sont bonnes. Ce gaillard a une constitution hors du commun. Quelques jours de repos et il pourra marcher presque normalement, d'après le médecin. Etait-il seul, dehors, quand il a été attaqué?

– Oui... Nous avions tous suivi ses consignes.

– Dorabella ou vous-même prenez-vous des médicaments chimiques?

– Non, inspecteur. Nous avons la chance de jouir d'une excellente santé.

– L'une des personnes présentes à Shakespeares' Lodge en a-t-elle absorbé devant vous?

– Non. Je ne m'en souviens pas.

Le café était un arabica moyen mais consommable. Le temps d'en boire une tasse, Dorabella était déjà prête : une ravissante robe rose avec une large ceinture noire.

– Me voici plus présentable. Un fait nouveau, inspecteur?

– Je ne sais pas encore. Il me faut vous soumettre à une épreuve plutôt pénible. Disposez-vous d'une voilette?

Dorabella Fenwick ne parvint pas à étouffer un éclat de rire.

– Mon Dieu, non! C'est parfois élégant, mais à mon âge...

– Evidemment.

– C'était cela, l'épreuve pénible?

– Juste le prélude. Puis-je vous demander de m'accompagner?

– Ce sera long?

– Je ne pense pas.

John Baker, vaguement inquiet, intervint.

– Me permettez-vous d'accompagner Dorabella?

– Malheureusement non, monsieur Baker.

– Pour quelle raison?

– Ceci relève du secret de l'enquête.

– Dorabella est ma fiancée. J'ai le droit de savoir.

– Je suis désolé.

– Et si elle refusait de vous suivre?

– Elle en a le droit.

Dorabella Fenwick embrassa le jeune premier sur la joue.

– Ne fais pas tant d'histoires, chéri. Qu'aurais-je à craindre de Scotland Yard?

– Tout de même...

– Je rentre vite.

Higgins et la jeune actrice prirent un taxi qui les attendait non loin d'Upper Brook Street.

– Vous êtes bien mystérieux, inspecteur.

– Ce meurtre aussi, mademoiselle.

– Vous êtes donc toujours convaincu que Sir Charles a été assassiné?

– En effet.

– Sans avoir le temps de donner son testament à un notaire... Le document a été détruit ou volé. Et s'il était encore entre les mains de l'assassin?

– C'est peu probable, répondit Higgins.

– Pourquoi en êtes-vous si sûr?

– Déduction logique.

La comédienne se tassa au fond du taxi.

– En ce cas, adieu la fortune. Il me reste l'essentiel : l'amour. C'était un beau rêve... et Sir Charles un homme merveilleux. Son assassin doit être châtié. Ce suspect, qui a été arrêté... n'est-ce pas lui, le coupable?

– Nous manquons de preuves. Je compte précisément sur votre compréhension pour m'aider à résoudre une énigme.

– Ma... compréhension?

– Si vous y consentez, j'aimerais procéder à une confrontation entre vous et Lady Ruth Fynemore.

Les beaux yeux verts de la jeune actrice perdirent toute tendresse.

– Cette harpie! Vous souhaitez que je l'écharpe?

– Pas exactement. Je souhaite qu'elle prenne place à nos côtés, dans ce taxi.

– Hors de question.

– Regrettable, mademoiselle. Dois-je en conclure que vous êtes hostile à l'identification de l'assassin?

– Comment pouvez-vous croire une chose pareille?

– En raison de votre attitude. Que vous détestiez cette femme, je le comprends. Mais ne faudrait-il pas surmonter ce ressentiment pour aider à la découverte de la vérité?

« Rarement mine boudeuse fut plus charmante », pensa Higgins en regardant Dorabella Fenwick.

– Sous cet angle...

– Merci d'accepter, mademoiselle.

L'actrice s'enferma dans le mutisme jusqu'à ce que le taxi s'arrête près de l'hôtel particulier d'Antony Cormack. Aux abords de Regent Street, les services de la voierie étaient également au travail. Là aussi, les machines répandaient leur insupportable vacarme. Higgins avait pressenti que cette journée ne serait pas facile.

Antony Cormack était parti s'entraîner dans un club privé, aux environs de Londres. Lady Ruth, coiffée d'un chapeau à fleurs et vêtue d'un tailleur assez exubérant, aux rayures rouges et blanches adoucies par un jabot en dentelle, s'apprêtait à sortir.

– Encore vous, inspecteur! C'est une manie... N'avez-vous pas arrêté l'assassin?

– Navré de vous importuner, Lady Ruth, mais votre concours m'est indispensable.

– Cette fois, c'est non. On m'attend.

– Je dois insister.

– Suis-je libre de passer outre? jeta-t-elle, défiante.

– Je vous le répète, Lady Ruth, j'ai besoin de vous. Possédez-vous une voilette?

La question sembla prendre l'aristocrate au dépourvu.

– J'en possède plusieurs... Mais pourquoi...

– Vous seriez aimable de vous munir de la plus épaisse et de celle qui voile le mieux le visage.

– Je n'ai pas la moindre intention de vous aider, inspecteur.

Higgins hocha doucement la tête.

– C'est bien ce que je craignais, Lady Ruth. Votre ex-mari ne compte plus pour vous. Votre attitude signe la disparition définitive de Sir Charles Williams. Pardon de vous avoir importunée.

Higgins se détourna et se dirigea vers la porte d'entrée de l'hôtel particulier.

– Un instant, inspecteur.

L'homme du Yard s'immobilisa sans se retourner.

– Vous êtes déjà en retard, Lady Ruth.

– Je n'accepte pas le jugement que vous portez sur moi, inspecteur. Vous désirez mon aide? Eh bien, vous l'avez! Sans condition.

– Sans condition?

– Sans condition, répéta Lady Ruth, superbe.

Elle ne fut pas longue à trouver une voilette.

– Puis-je vous offrir mon bras?

L'ex-inspecteur-chef accompagna l'aristocrate jusqu'au taxi. Cette partie du parcours se déroula sans incident. Le plus difficile restait à faire. Quand Lady Ruth aperçut Dorabella Fenwick assise à l'arrière du taxi, elle lâcha le bras de Higgins.

– Etre aux côtés de cette créature? Jamais!

– Vous avez dit : sans condition, rappela Higgins. Une femme de votre qualité n'a qu'une parole.

Prise au piège, Lady Ruth lança un regard assassin à l'ex-inspecteur-chef. Ce dernier n'y succomba pas et ouvrit la portière du véhicule.

Il s'installa face aux deux femmes qui s'étaient écartées au maximum l'une de l'autre.

– Appartements « Fields », demanda Higgins au chauffeur de taxi.

Dorabella Fenwick sursauta.

– Qui allons-nous voir? interrogea Lady Ruth.

– Un fantôme, répondit Higgins.

⁂

L'ex-inspecteur-chef réveilla le portier des appartements « Fields » qui s'était endormi sur son journal.

– Scotland Yard a besoin de vous, mon ami.

– La police? Je n'ai rien fait, rien de rien...

– Je n'en doute pas une seconde. Vous souvenez-vous de la femme à la voilette qui vous avait confié un paquet pour Sir Charles?

– Je m'en souviens très bien!

– Excellent.

Higgins sortit du logement occupé par le portier et se dirigea vers Lady Ruth qui tournait ostensiblement le dos à Dorabella Fenwick.

– Voudriez-vous mettre votre voilette et demander l'appartement 110 au portier? demanda-t-il à l'aristocrate.

Lady Ruth eut un haut-le-corps.

– Je ne connais pas cet individu.

– Sans condition, rappela Higgins avec un bon sourire.

– Vous n'abuserez pas deux fois de ma confiance, inspecteur. Dès que cette mascarade sera terminée, je quitte cet endroit sinistre. N'espérez plus forcer ma porte.

– Je le déplore, Lady Ruth.

Avec raideur, l'aristocrate obéit à l'ex-inspecteur-chef. Sa mission achevée, elle ôta sa voilette et la tendit à Higgins.

– Je suppose que vous en avez besoin pour mademoiselle? Qu'elle la garde. Cela lui fera au moins une parure convenable.

Comme promis, l'ex-femme de Sir Charles Williams s'éloigna à pas pressés.

Dorabella Fenwick hésitait à couvrir son visage de la voilette.

– Qu'est-ce que ça signifie, inspecteur?

– Une simple vérification, mademoiselle. Je vous en prie... Ce sera vite terminé. Contentez-vous de prononcer les mêmes paroles que Lady Ruth.

La jeune comédienne, nerveuse, s'exécuta.

En ôtant la voilette, elle la déchira et remit les lambeaux à Higgins.

– Puis-je m'en aller, à présent?

– Vous êtes libre, mademoiselle.

L'actrice s'enfuit presque aussi vite que l'aristocrate. Higgins retourna auprès du portier des appartements « Fields ». Ce dernier était très excité.

– C'est formidable de participer à une enquête, inspecteur! Formidable... ça ne m'était jamais arrivé!

– Soyez discret sur cette reconstitution, recommanda Higgins.

Le portier mit l'index droit sur sa bouche.

– Je suis une tombe, inspecteur.

– Si nous parlions des résultats de notre petite expérience... Avez-vous reconnu la dame à la voilette?

Le portier réfléchit.

– La première, certainement pas. Trop raide, trop acide. Ce n'était pas elle.

– Et la seconde?

– La seconde... c'est plus difficile. Un moment, j'ai cru...

– Oui ou non?

– Plutôt non. Trop mince, trop élancée.

Le portier fut soudain bien triste.

– Quel dommage... Ça m'aurait tellement plu de la reconnaître!

*
**

William Stafford répondit à la première sonnerie. A son ton enjoué, Higgins comprit qu'il avait trouvé quelque chose.

– Ton Ambrosian Theatre... il a bien existé. Mais six mois seulement! Un petit théâtre d'intellectuels installé non loin de la maison de Dickens.

– Quelles pièces y furent représentées?

– Une seule, *Hamlet*. Cinq mois et demi de répétitions et quinze jours de représentations. Ce dut être un four car le théâtre a fermé ses portes après cette tentative malheureuse.

– As-tu le nom du metteur en scène et des comédiens?

– Hélas, non. Aucun programme n'a été publié.

– Dommage. Merci quand même.

– N'oublie pas, Higgins : je veux tout savoir sur cette affaire.

– Moi aussi, William.

*
**

Higgins accorda un regard à « The Old Curiosity Shop », modeste demeure où avait résidé Charles Dickens et où il avait écrit *Oliver Twist*. Un panneau précisait que ce site, d'intérêt historique, présentait un attrait majeur pour les photographes et qu'il devait donc être dégagé en permanence. La maison avait été transformée en musée.

Higgins tenta sa chance.

Cette fois, elle avait décidé de lui sourire.

Le gardien était un vieil homme, proche de la retraite. Exactement le genre de personnage que l'ex-inspecteur-chef espérait rencontrer. Il ne se souvenait pas d'une représentation de *Hamlet* à deux pas de « The Old Curiosity Shop », mais il se rappelait l'existence, voilà bien des années, d'un « Ambrosian Theatre », car les comédiens lui avaient emprunté quelques objets anciens pour leurs répétitions. L'un de ses amis, qui habitait la même rue, avait peut-être gardé des traces plus précises de cette courte expérience théâtrale.

L'ami en question était absent. L'ex-inspecteur-chef l'attendit sur le palier. Quand il vit un vieillard montant péniblement l'escalier avec un panier chargé de provisions, il lui vint en aide. Ce petit geste lui permit de briser la glace.

Le vieillard aimait parler. Il évoqua le bon vieux temps, offrant à Higgins une pinte de bière amère. Quand la conversation roula sur l'Ambrosian Theatre, l'interlocuteur de l'ex-inspecteur-chef se montra intarissable. Il avait aidé la troupe de comédiens amateurs à aménager un minuscule théâtre où ils espéraient conquérir la gloire.

Malheureusement, la représentation de *Hamlet* avait été un échec cuisant. Endettés, sans public, les amateurs avaient été obligés de renoncer et de se disperser.

Le vieillard possédait encore un programme.

Une simple feuille tapée à la machine avec le titre de la pièce, le nom des personnages et celui des acteurs qui les incarnaient.

Higgins ne fut pas déçu. L'un de ces noms lui était à présent familier.

Le rôle de Hamlet était tenu par Michael Rolcomb.

CHAPITRE XX

Higgins et Scott Marlow déjeunèrent au *Ye Olde Cheshire Cheese*, sis dans Fleet Street, dans le quartier du Strand. C'était l'un des plus vieux pubs de Londres et l'on y servait une cuisine qui plaisait au superintendant, car elle respectait les canons de la gastronomie britannique, sans aucune de ces excentricités modernistes qui conduisaient de nombreuses tables, autrefois réputées, à se pervertir dans un exotisme continental. Le *steack and kidney pie*, pâté à la viande et aux rognons, était particulièrement réussi. Arrosé d'une bière brune, il provoquait un léger état léthargique qui permettait de s'évader, le temps d'une courte sieste nécessaire à la digestion, hors des soucis quotidiens.

Des soucis, le superintendant en avait son lot. Ils étaient même trop nombreux pour qu'une sieste en vînt à bout.

– Nous ne pouvons pas continuer à enquêter, Higgins.

L'ex-inspecteur-chef s'était contenté d'un haddock accompagné de pommes de terre bouillies.

– Des pressions, mon cher Marlow?

– Le terme est excessif. L'affaire est classée,

vous le savez bien. Nos démarches sont quasiment illégales.

– L'un des protagonistes s'est plaint, n'est-ce pas?

– Oui.

– Laissez-moi deviner... Lady Ruth Fynemore?

– Ce n'était pas très difficile à trouver. J'ai réussi à la calmer, mais je ne suis pas dupe. Elle va tenter d'avertir la Couronne, d'une manière ou d'une autre, et j'aurai les pires ennuis.

– Il faut l'éviter à tout prix.

Scott Marlow poussa un soupir de soulagement. Connaissant l'entêtement légendaire de son collègue, il avait redouté un blocage. Pour une fois, Higgins se montrait compréhensif.

Le superintendant vida d'un trait sa chope de bière et en commanda une autre.

– Vous êtes un véritable ami, Higgins.

– J'essaie de l'être, superintendant. C'est un art difficile. Je comprends vos problèmes. Cependant...

La bière brune parut soudain fort lourde dans l'estomac de Scott Marlow.

– Cependant?

– Il est gênant de laisser un assassin en liberté et un crime impuni, ne pensez-vous pas?

Le superintendant se tassa sur lui-même. Il n'y avait décidément pas de miracle.

– Vous souhaitez procéder à une reconstitution, n'est-ce pas?

L'ex-inspecteur-chef ne répondit pas, se contentant de mâcher du haddock.

– Impossible d'utiliser Shakespeares' Lodge, Higgins. Si vous aviez conçu ce projet, abandonnez-le. Lady Ruth refusera d'y retourner une seconde fois. L'y contraindre provoquerait un scandale.

– J'abandonne donc ce projet.

Scott Marlow reprit espoir. Higgins devenait-il conciliant, avec l'âge?

– Ah... et vous aviez une autre idée?

– J'avoue que non.

Le superintendant eut l'intuition que son collègue était complètement perdu. En réalité, à la question : « Qui a tué Sir Charles?... », la seule réponse était : « Personne. » Higgins le savait, mais il ne voulait pas l'avouer, de peur de perdre la face. Lui offrir une reconstitution lui permettrait de « tirer un baroud d'honneur », comme disaient les militaires.

– Eh bien moi, j'en ai une. Elle présente l'avantage d'être simple.

– Je vous écoute, mon cher Marlow.

– Nous allons inviter – et non pas convoquer – tout notre petit monde dans l'immeuble qu'Antony Cormack a refusé de vendre à Sir Charles. Cet Américain m'irrite. Son coup fourré aussi. Le voir en difficulté, même légère, ne me déplaira pas. N'a-t-il pas menacé notre plus grand comédien shakespearien? Lady Ruth viendra pour assister son mari. Nous le confronterons à Wells. Débrouillez-vous pour faire comparaître votre petit couple d'acteurs.

– Une ambulance serait nécessaire.

Scott Marlow, qui achevait de bon cœur son *steack and kidney pie*, maintint sa fourchette en l'air.

– Pour qui?

– Pour le domestique hindou, Chankara. N'oublions pas qu'il a été agressé. Michael Rolcomb pourra profiter du véhicule. Puisque nous serons dans ce qui aurait dû être un théâtre, ne nous privons pas d'un souffleur. Il ne nous manquera qu'une seule personne.

– Qui donc? s'inquiéta Scott Marlow.

– Sir Charles Williams.

– Paix à son âme. Je vous demande beaucoup de doigté, Higgins. Officiellement, cette reconstitution aura pour but de prouver définitivement la culpabilité de Wells.

– En l'accusant de meurtre?

– Nous verrons bien, après sa confrontation avec Cormack. Il a déjà avoué le trafic d'opium.

Les pommes de terre bouillies de *Ye Olde Cheshire Cheese* étaient excellentes. Higgins se concentrait sur chacune d'elles, comme s'il cherchait une inspiration.

– Ensuite, Higgins, il faudra laisser ces gens en paix. A moins que vous ne puissiez apporter la preuve formelle que Sir Charles a bien été assassiné. Cette preuve que j'espérais et qui n'est pas venue.

Scott Marlow ne s'était pas trompé. Higgins, lui, avait commis une lourde erreur. Il avait vu un crime là où il n'y avait eu que succession de hasards malencontreux avec un vague parfum de scandale. Mais ce dernier n'était-il pas consubstantiel au métier de comédien?

C'est avec entrain que le superintendant commanda du *Yorkshire pudding*.

Higgins, lui, n'avait plus faim.

***

Le mécontentement d'Antony Cormack était manifeste. Scott Marlow éprouva beaucoup de peine à le calmer. Le joueur de golf avait dû renoncer à un entraînement pour répondre à l'appel du superintendant. Lady Ruth annula un vernissage pour se tenir aux côtés de son mari qui, d'après elle, serait incapable de se défendre seul devant Scotland Yard.

– Qu'est-ce que ça signifie, superintendant? Vous me demandez de venir d'urgence dans un immeuble qui m'appartient, sans me fournir la moindre explication! Et pourquoi y a-t-il une ambulance garée le long du trottoir?

– Calme-toi, mon chéri. Le superintendant Marlow est un homme raisonnnable. J'espère qu'il ne s'agit pas de tracasseries infligées à un ressortissant américain...

– Bien sûr que non, répondit Scott Marlow, aimable. Un simple détail à vérifier pour clore définitivement l'affaire Williams.

– Ce n'est pas trop tôt, remarqua Lady Ruth, acide. Quel détail?

– Si nous entrions, nous pourrions en terminer rapidement, recommanda le superintendant.

Antony Cormack haussa les épaules.

– Même si cet immeuble est en démolition, allons-y. Il m'appartient, après tout. Ce n'est quand même pas Scotland Yard qui va faire la loi chez moi.

– Chez vous comme partout ailleurs dans ce pays, déclara le superintendant, très sec.

Le policier et le champion se défièrent du regard.

Antony Cormack rompit le combat le premier et entra à l'intérieur du bâtiment, suivi de son épouse. Scott Marlow, de plus en plus satisfait d'imposer une épreuve à cet insolent d'Américain, les rejoignit puis les précéda.

– Où allons-nous?

– Tout au fond.

L'endroit serait bientôt transformé en immeuble de bureaux. Il y régnait une profonde impression d'abandon. Des murs avaient été demantelés, des parquets éventrés. Architectes et décorateurs avaient fait des sondages pour mesurer l'ampleur de leur travail.

Le trio dut marcher dans la poussière et enjamber des gravats, se dirigeant vers une lumière qui éclairait une grande pièce bien dégagée.

Antony Cormack allait protester vertement mais il eut le souffle coupé par le spectacle qu'il découvrit. Higgins avait tout bonnement aménagé un petit théâtre avec les moyens dont il disposait. En utilisant planches et tréteaux, il avait créé une scène suffisamment grande pour que s'y tiennent, sur la gauche, Dorabella Fenwick et John Baker, assis sur des caisses. Face au milieu de la scène, légèrement en contrebas, Michael Rolcomb lisait une pièce. Sur la droite, derrière un rideau qui délimitait l'emplacement des coulisses, Chankara, installé dans un fauteuil roulant. La salle était figurée par une vingtaine de sièges en plus ou moins bon état. Sur l'un d'eux était assis Gary Wells, menottes aux mains.

– Heureux de vous accueillir dans ce théâtre d'un jour, dit Higgins. Désirez-vous monter sur scène ou rester dans la salle?

Sans attendre la réponse des arrivants, encore sous le choc de leur découverte, l'ex-inspecteur-chef tendit la main à Lady Ruth, qui l'accepta machinalement, et l'aida à monter sur scène. Il lui avança un fauteuil et la pria de s'asseoir, non loin du domestique hindou.

L'aristocrate occupait ainsi la position la plus en vue. Ce n'était pas un théâtre, certes, mais la disposition était assez réussie pour entretenir une sorte d'illusion. Lady Ruth accepta de se laisser prendre au jeu. N'était-elle pas enfin sur des planches, même si le public était restreint?

Antony Cormack ne pénétra pas dans le même rêve.

Il venait d'apercevoir Gary Wells.

– Je reconnais ce type!

Le vendeur d'opium jaillit hors de son siège et se précipita dans les bras de Scott Marlow. Il tendit ses poignets menottés vers le champion de golf.

– C'est lui! C'est lui qui a tué Sir Charles!

Antony Cormack entra dans une fureur noire.

– Tu vas te taire, morveux! Je vais te casser la tête!

« Le spectacle est déjà dans la salle », pensa Higgins pendant que le superintendant écartait l'Américain sans ménagement.

– Asseyez-vous, immédiatement, monsieur Cormack, ordonna-t-il, et vous, Wells, ne dites pas n'importe quoi!

Le calme revenu, Scott Marlow s'installa entre Gary Wells et Antony Cormack qui s'observèrent du coin de l'œil, le premier prêt à s'enfuir, le second à bondir.

Higgins commença à marcher de long en large, mains croisées derrière le dos.

– Vous êtes tous liés à Sir Charles comme les rayons d'une roue, déclara l'ex-inspecteur-chef. La roue s'est brisée. Sir Charles est mort. Que sont devenus les rayons? Lesquels d'entre vous ont été brisés à leur tour?

Personne ne répondit. Mais le climat du théâtre improvisé s'alourdit aussitôt.

– Pourquoi Sir Charles est-il venu mourir dans

un appartement modeste alors qu'il disposait d'une immense fortune? continua Higgins. Pourquoi se cachait-il? Pourquoi avait-il dissimulé sa véritable identité, masqué son visage, berné le portier des appartements « Fields »?

Chacun observait l'ex-inspecteur-chef, attendant des révélations.

– Il existait une porte dérobée dans l'appartement occupé par Sir Charles, indiqua Higgins. N'importe qui pouvait entrer et sortir sans être vu. N'importe lequel d'entre vous aurait pu tuer Sir Charles et disparaître en toute impunité.

– Avez-vous une accusation à porter, oui ou non? demanda Antony Cormack, agressif.

– J'ai longtemps cru à la responsabilité d'une femme portant une voilette, avoua Higgins.

– C'est la raison pour laquelle j'ai dû me soumettre à une épreuve dégradante! protesta Lady Ruth, dont le chignon à ailettes était toujours impeccable. Vous avez constaté votre erreur, j'espère... A moins que la petite actrice blonde n'ait réussi à se déguiser.

– Je vous présente mes excuses à l'une et à l'autre, dit Higgins. Je me suis trompé en accordant trop d'importance à cette femme, en effet. C'était probablement une élève de Sir Charles. Elle lui offrait un exemplaire de *Hamlet* auquel il manquait une page.

– Sans doute une plaisanterie, estima Dorabella Fenwick. Elle voulait savoir s'il ouvrirait le livre.

– Quelque chose dans ce genre-là, en effet.

L'ex-inspecteur-chef s'arrêta devant John Baker qui portait son costume gris et un foulard bariolé.

– Qu'en pensez-vous, monsieur Baker, vous qui

connaissez bien les coutumes des gens du théâtre?

– Eh bien... c'est assez plausible. Nous aimons nous tendre de petits pièges, entre nous, surtout dans le domaine de la mémoire.

– Si Sir Charles s'était servi de cet exemplaire pour répéter *Hamlet* en public, ajouta Dorabella Fenwick, il aurait pu courir le risque de se ridiculiser. Supposez que le passage découpé ne lui vînt pas immédiatement aux lèvres.

– Argument convaincant, admit l'ex-inspecteur-chef. Donc, une malveillance dont l'auteur n'aura guère profité. Revenons à vous, monsieur Baker. Vous n'avez eu aucun contact privé avec Sir Charles, me semble-t-il.

– Aucun.

– Il n'était donc pour vous qu'un grand acteur et un professeur... inaccessible.

Le jeune premier, soudain agité, serra les mains de sa fiancée.

– Vous savez bien pourquoi il ne m'aurait pas accepté comme élève. Ma carrière était... interrompue.

– Sinon brisée, monsieur Baker.

– John ne m'avait rien caché, intervint Dorabella Fenwick avec fougue. Ce qui lui arrive est injuste. Il n'a pas à payer les fautes de son père. Mais seul le temps effacera ces histoires sordides. Intervenir auprès de Sir Charles aurait été inutile. Il connaissait les tribulations de John. Il était bien trop rigoriste pour accepter un élève traînant un tel boulet aux pieds.

– N'en conceviez-vous pas quelque rancune à son égard, monsieur Baker? interrogea Higgins.

– Si... comme à l'encontre de tous ceux qui me jugeaient sans connaître la vérité. Par moments, je crains de ne pouvoir jamais remonter la pente. Je passerai toujours pour un tricheur.

– Tu n'as pas le droit de parler ainsi! protesta sa fiancée. Nous gagnerons ensemble.

John Baker ne semblait guère optimiste. Mais il offrit un sourire tendre à sa fiancée.

Antony Cormack se leva.

– J'ai un entraînement intensif aujourd'hui. Voir roucouler ces deux-là ne m'intéresse pas. Si vous n'avez rien de plus intéressant à nous montrer, je m'en vais.

– Grossier personnage! répliqua Dorabella Fenwick, scandalisée et prête à descendre dans la salle.

– Calmons-nous, pria Higgins.

Soudain, John Baker s'enflamma, pointant l'index en direction de Gary Wells.

– Je connais ce type-là! C'est lui que j'ai expulsé à coups de pied des coulisses de l'école de Sir Charles! Je n'avais pas vu distinctement son visage, ce soir-là. Il faisait sombre dans les coulisses. A son allure, je suis sûr que c'est lui.

Higgins se tourna vers Gary Wells.

– Corroborez-vous cette version des faits, monsieur Wells?

– Plutôt, répondit le vendeur d'opium. Je n'ai rencontré ce jeune boxeur qu'une seule fois, mais mes côtes s'en souviennent encore.

Higgins se pencha légèrement vers l'imaginaire trou du souffleur.

– Et vous, monsieur Rolcomb, n'avez-vous rien à ajouter sur le compte de M. Wells?

CHAPITRE XXI

– Moi? Mais pourquoi donc? C'est la première fois que je vois ce monsieur!

Le souffleur referma précipitamment l'exemplaire de *Hamlet* qu'il était en train de consulter. Il leva des yeux inquiets vers Higgins qui le contemplait avec sévérité.

– Dois-je vous croire sur ce point? Vous m'avez beaucoup menti, monsieur Rolcomb.

– Beaucoup... vous exagérez, inspecteur.

La voix de Michael Rolcomb devenait embarrassée. Il regrettait visiblement l'absence d'un véritable trou de souffleur dans lequel il aurait pu disparaître.

– Lady Ruth a porté un jugement sévère sur votre personnalité, indiqua Higgins, vous qui avez pourtant été le compagnon de route des rares heures difficiles de Sir Charles.

– Personne ne peut le nier! affirma le souffleur avec force.

Higgins consulta ses notes.

– Personne ne le nie. Ce qui est plus contestable, c'est l'interprétation que vous avez donnée de cette période. Vous le maître et Sir Charles le disciple? Vous le grand acteur injustement méconnu et lui l'homme célèbre par accident? Lui qui vous devait sa carrière et qui aurait empêché la vôtre de s'épanouir? C'est bien peu vraisemblable, monsieur Rolcomb.

– C'est pourtant comme ça! protesta ce dernier. C'est exactement ça et...

– Allons, monsieur Rolcomb, dit Higgins avec une douceur paternelle. Si nous regardions ensemble la réalité en face?

Le souffleur ne lut aucune animosité dans le regard de l'ex-inspecteur-chef. Il cessa de lutter. Son menton s'affaissa davantage, ses joues devinrent plus molles encore.

– Puisque vous le savez, à quoi bon... On ne s'aimait pas tellement, Charles et moi. Il a été correct en me donnant le gîte et le couvert. Avec ça et mes pièces de théâtre, je n'avais besoin de rien d'autre... Je n'ai pas été si malheureux.

– Vous connaissez fort bien la scène III de l'acte III de *Hamlet*, monsieur Rolcomb.

– Comme toutes les autres scènes de Shakespeare, inspecteur. Mais j'avoue que *Hamlet* est ma pièce préférée. Ce goût du néant... comment le traduire mieux?

– Votre maladie de cœur ne vous empêche nullement de vous déplacer, poursuivit Higgins. Vous êtes assez agile pour sortir de votre grenier sans vous faire remarquer, enfourcher une motocyclette et vous rendre à Londres. Aux appartements « Fields » par exemple.

Chankara, qui n'avait pas manifesté la moindre émotion depuis le début de cette pièce étrange, s'anima un peu. Dorabella Fenwick serra plus fort les mains de son fiancé.

– C'est ce pauvre type qui a tué Sir Charles?

interrogea Antony Cormack, sarcastique. Ça ne m'étonne pas. Une querelle de vieux...

– Je t'interdis de parler ainsi de Sir Charles Williams! intervint Lady Ruth, du haut de la scène.

Le joueur de golf se leva, glacial.

– J'en ai assez de tes interdictions. On essaie de me coller un meurtre sur le dos. Tu ne comprends pas, idiote?

L'injure fit frissonner Lady Ruth. Elle reprit sa place, comme son mari. Higgins pensa qu'après avoir été veuve, elle serait bientôt divorcée. Son absence de réplique ne présageait rien de bon. Pour la première fois sans doute, elle découvrait son mari sous un nouveau visage.

Higgins revint à son sujet du moment : un souffleur qui faisait grise mine.

– Savez-vous pourquoi j'ai pensé que vous étiez l'assassin de Sir Charles, monsieur Rolcomb? A cause de votre jalousie à son égard, de vos mensonges, de la possibilité technique que vous avez eue d'accomplir le crime et aussi... à cause de la phrase de *Hamlet* : « une vie au souffle de laquelle sont suspendues et liées tant d'autres existences ». Le hasard des mots... N'est-ce pas étrange?

Michael Rolcomb faisait peine à voir. On le sentait au bord du malaise.

– Je suis bien sorti de chez moi, la semaine de la mort de Sir Charles, avoua-t-il en s'étranglant à moitié. Je suis allé à Londres, mais ce n'est pas du tout...

– Je sais, monsieur Rolcomb. vous êtes parti en pèlerinage, comme chaque année. Vous vous êtes rendu sur le site de l'Ambrosian Theatre, le seul établissement où vous ayez eu le premier rôle.

Hélas, ce fut un fiasco. Mais votre nom figurait sur un programme. Vous jouiez Hamlet. Et vous continuez à le jouer devant un vieil homme qui fut l'un de vos rares spectateurs.

– Il... il m'a trahi!

– Pas du tout, monsieur Rolcomb. Je l'ai déduit. Votre vieil ami est resté muet. C'est un cachet sur vos livres qui vous a trahi.

– Je n'ai jamais pu me résoudre à les jeter, déplora le souffleur.

– Gardez-les. Il n'y a pas de bien plus précieux qu'un bon livre. Lady Ruth s'est trompée sur votre compte, monsieur Rolcomb. Vous n'étiez pas drogué et vous n'avez pas supprimé Sir Charles. Il vous protégeait et assurait votre subsistance. Le tuer, même si vous y avez songé par dépit, c'était vous condamner à quitter Shakespeares' Lodge et à vivre dans un hospice.

Michael Rolcomb retint difficilement ses larmes.

– La roue est brisée... Je ne suis pas responsable, mais le résultat est le même.

Le souffleur quitta son poste et alla s'asseoir à l'extrémité de la première rangée de chaises. Ses mules traînèrent sur le parquet poussiéreux. Il ne vit pas le regard méprisant d'Antony Cormack.

Chankara arborait un demi-sourire. Sa physionomie était empreinte d'une satisfaction certaine. Higgins fit demi-tour et se dirigea vers lui.

– Comment allez-vous, monsieur Chankara?

– Plutôt bien, inspecteur. Les jambes sont encore douloureuses, mais je me remets vite.

L'Hindou portait un costume et un turban d'un blanc immaculé. Sa voix, toujours aussi rocailleuse, témoignait d'une énergie intacte.

– Vous avez fait un peu de théâtre, à Delhi,

rappela Higgins. C'est même grâce à cette activité artistique que vous avez connu Sir Charles.

– J'ai eu cette chance, reconnut le domestique hindou.

– Abandonner le théâtre n'a-t-il pas été trop pénible?

– Ce monde n'est qu'illusion. Chacun doit accepter son destin.

Très sûr de lui, Chankara passa le médius sur sa balafre.

– Vous êtes un parfait domestique, jugea Higgins. Vous ne voyez rien, vous n'entendez rien, vous détestez les ragots, vous découragez les confidences. Shakespeares's Lodge est votre unique souci... sans oublier Maggie et Rudyard.

– Est-ce un crime?

– Pas à ma connaissance, monsieur Chankara. En revanche, la consommation d'opium n'est pas considérée comme une vertu.

Chankara ne perdit pas son sang-froid.

– Je ne suis pas un drogué, inspecteur. La petite dose d'opium que j'absorbe de temps à autre est destinée à calmer de vieilles douleurs. J'en ai parlé au médecin qui m'a soigné pour mes blessures. Il vous le confirmera.

– Par conséquent, vous n'êtes jamais sous l'emprise de la drogue au point d'agir de manière inconsciente?

– Jamais, inspecteur.

Higgins s'adressa à Gary Wells.

– Quelles étaient les quantités d'opium que vous achetait Sir Charles?

– Ridiculement petites, mais très bien payées.

– Forcément, souligna Chankara. C'étaient celles qu'il me donnait. Il était au courant de mes besoins.

L'ex-inspecteur-chef se tourna à nouveau vers le domestique hindou.

– Pour un homme d'apparence si calme, vous n'en terrorisiez pas moins le malheureux Michael Rolcomb.

– Un vieil excentrique qui avait peur d'un courant d'air... Il vient de vous prouver qu'il n'est plus en état de raisonner correctement.

Tous les regards se focalisaient sur l'Hindou dont l'attitude impérieuse avait de quoi surprendre.

– Vous vouliez régner en maître absolu sur Shakespeares' Lodge, indiqua Higgins. Vous avez refusé de me révéler l'existence de M. Rolcomb. Vous avez même tenté de vous opposer à ce que le superintendant et moi-même nous rendions jusqu'à son grenier. Pourquoi, sinon parce que vous aviez l'intention de supprimer un homme avec lequel vous prétendez n'avoir jamais échangé le moindre mot? Un homme que vous persécutiez sans le moindre remords!

– Pourquoi supprimer ce qui n'existe plus?

Dorabella Fenwick poussa un « oh » d'indignation. Le cynisme de l'Hindou l'épouvantait.

– Que vous ayez tenté de préserver une existence heureuse pour vos animaux est une noble cause, estima Higgins. Cela dénote un caractère altruiste, monsieur Chankara. Votre haine de l'humanité traduit cependant un caractère moins heureux.

– L'humanité est une illusion, inspecteur. Elle trahit la pensée divine. Seuls les animaux sont vraiment respectables. Eux n'envient personne et ne regrettent rien.

L'œil de Higgins se fit perçant.

– Vous êtes un individu nerveux et angoissé,

monsieur Chankara. S'occuper d'un gorille et d'un tigre n'est pas une sinécure. Vous n'avez pas hésité à utiliser l'arme du chantage.

Chankara fit avancer le fauteuil roulant. Un instant, Higgins crut que l'Hindou allait se ruer sur lui.

– Chantage? Comment osez-vous m'accuser de cette monstruosité?

– Parce que Dieu n'était pas le seul témoin de votre entrevue avec Lady Ruth dans la chapelle.

– Cela signifie... que vous étiez là? Que vous nous avez espionnés?

– Ce fut un hasard, monsieur Chankara. Je venais chercher un peu de quiétude spirituelle quand vous êtes arrivés, Lady Ruth et vous. Vous l'avez bien soumise à un chantage.

L'aristocrate se leva, très digne. Son chignon ne bougeait pas d'un pouce.

– J'ai fouillé dans les papiers de mon mari. Ce n'était pas illégal. Chankara ne m'effraie pas et il ne me soumet à aucun chantage.

– Vous avez détruit un testament en faveur de Dorabella Fenwick, Lady Ruth.

L'ex-femme de Sir Charles eut un large sourire.

– C'est ce qu'ose affirmer le domestique hindou, inspecteur. Il s'agit d'un abominable mensonge. Ma parole contre la sienne.

Ce fut au tour de Dorabella Fenwick de se lever.

– C'est donc vous qui me privez de la fortune que me destinait Sir Charles... C'est ignoble, Lady Ruth! Vous êtes une criminelle!

Higgins s'interposa fermement pour étouffer dans l'œuf une possibilité de pugilat. Les deux femmes acceptèrent de se rasseoir.

– Ma pauvre petite! s'exclama Lady Ruth, condescendante. Imaginiez-vous qu'un homme de la classe de mon mari eût l'idée de léguer sa fortune à une péronnelle?

– Ce testament, déclara Dorabella Fenwick avec fougue, il me l'avait lu! Il existait et vous l'avez détruit!

Lady Ruth s'amusait.

– Ma parole contre la sienne, inspecteur.

– Nous verrons plus tard, annonça Higgins qui se mit à tourner autour du fauteuil roulant occupé par le domestique hindou. Ce qui est odieux, monsieur Chankara, c'est la comédie que vous avez jouée à Mlle Fenwick. Vous n'avez pas oublié vos débuts d'acteur.

Chankara commença à perdre son calme.

– Comédie... vous exagérez, inspecteur... mes sentiments...

– Vous n'éprouvez aucun sentiment pour cette jeune personne, monsieur Chankara.

John Baker se leva et vint au milieu de la scène.

– Qu'est-ce que ça signifie?

– Rien de grave en ce qui vous concerne, monsieur Baker. Apaisez-vous. M. Chankara a simulé une certaine affection envers votre fiancée. Il est même allé un peu plus loin en la conviant à venir seule à Shakespeares' Lodge, après le décès de Sir Charles. Dans quelle intention, monsieur Chankara?

– Je ne me souviens pas de cet appel, dit l'Hindou, dont la voix rocailleuse était moins assurée.

– Menteur! s'exclama Dorabella Fenwick.

Le fauteuil roula en arrière. Chankara avait vu

que John Baker serrait les poings. L'Hindou tourna la tête vers Higgins.

– Prenez garde à ce jeune homme, inspecteur... il pourrait m'agresser!

– Si vous avez fait quoi que ce soit contre Dorabella, promit le jeune premier, je ne tiendrai aucun compte de vos blessures.

La tension devenait vive. Higgins raccompagna John Baker à sa place. Puis il tourna à nouveau autour du domestique accidenté.

– M. Chankara souhaitait la présence de Mlle Fenwick, expliqua l'ex-inspecteur-chef, afin de l'interroger. Il voulait obtenir une certitude : que Dorabella n'ait pas dissimulé un autre testament dans la maison. Seul avec elle, il aurait réussi à la faire parler. Par n'importe quel moyen, probablement.

– Absurde, protesta l'Hindou. Je suis un non-violent.

– Dorabella Fenwick a eu raison d'avoir peur et de ne pas répondre à l'invitation, poursuivit Higgins. Elle a évité de tomber dans un piège qui aurait pu lui coûter la vie. Se débarrasser de cette jeune femme comme de Lady Ruth était impératif pour garder Shakespeares' Lodge.

– Je suis incapable de faire du mal à une mouche, affirma Chankara, qui gardait les yeux rivés sur John Baker.

– A une mouche sans doute, admit Higgins, mais à une femme qui mettrait en péril le bien-être de vos animaux...

– Il ne s'est rien passé! Vous ne pouvez pas m'accuser de meurtre!

– Même pas de celui de Sir Charles?

– Encore moins! Quand il était vivant, je n'avais aucune angoisse... Il aimait Maggie et

Rudyard autant que moi. Après sa mort, j'étais désemparé et...

– Pas tant que cela, rectifia Higgins. Vous avez mené un jeu plutôt habile. Sachant que Lady Ruth et Dorabella Fenwick se détestaient et ne se parlaient pas, vous avez tenté de les neutraliser l'une et l'autre. Par bonheur, rien de grave n'est arrivé.

Chankara soupira. Peut-être pensait-il aux conséquences des gestes qu'il n'avait pas eu le temps d'accomplir.

– Scotland Yard ne peut retenir aucune charge contre vous, monsieur Chankara. Vous êtes même devenu victime. Ce qui n'est pas exactement votre cas, monsieur Wells.

CHAPITRE XXII

– Mon cas? s'étonna Wells. Quel cas? Moi, je n'ai rien à me reprocher! Pas comme tous ceux-là!

Scott Marlow, d'une poigne ferme, empêcha le vendeur d'opium de gesticuler.

– Tenez-vous tranquille, mon garçon, et n'insultez personne, ordonna le superintendant. Ça ne ferait qu'aggraver votre cas.

Le faux jeune premier, mécontent, obéit.

– Vous aussi, monsieur Wells, appartenez au milieu des comédiens. Du moins en apparence. Le seul rôle que vous ayez tenu est celui de vendeur de drogue. Détail que vous aviez oublié de me signaler lors de notre première rencontre.

– Ah, la mémoire! se plaignit Gary Wells.

– Si vous continuez à vous moquer de la police, menaça Scott Marlow, je vous libère!

– Ne faites pas ça, hein... ne faites pas ça!

Antony Cormack ricana.

– Tous ces drogués crèvent de peur. Laissez-le-moi cinq minutes, superintendant, et il avouera tout ce que vous désirez.

Scott Marlow n'apprécia pas.

– Ne touchez pas à un suspect, monsieur Cormack, ou vous aurez affaire à moi.

Le joueur de golf tourna ostensiblement le dos au superintendant.

– Votre personnalité est plus complexe qu'on ne pourrait le supposer, dit Higgins, s'avançant jusqu'au bord de la scène. Vous avez vendu de la drogue dans les théâtres, vous avez été remarqué par Sir Charles et mis à la porte de son cours par John Baker. Vous vous en êtes plaint auprès de Sir Charles, de manière trop véhémente, et il ne vous a pas éconduit. Pourquoi? Parce que vous faisiez chanter Sir Charles? Je ne le crois pas. Lui-même ne se droguait pas et il avait une réserve d'opium chez lui. Vos menaces n'auraient pas eu grande portée. Vous avez encore essayé de mentir, monsieur Wells, en tentant de vous faire passer pour un apprenti comédien auquel Sir Charles aurait donné des cours privés afin de lui assurer une brillante carrière. Ce n'était pas son style et vous ne paraissez pas posséder le talent nécessaire. Je ne crois pas non plus à la calomnie de Lady Ruth selon laquelle Sir Charles aurait eu un goût pour les amitiés particulières. Ce n'était qu'une parole de dépit. La vérité, c'est vous-même qui l'avez formulée, monsieur Wells. Sir Charles vous considérait comme un écho. Il testait sur un garçon du peuple les pièces de Shakespeare. Vos réactions l'intéressaient. Elles lui apprenaient à perfectionner encore son jeu, à calculer certains effets. Peut-être même une certaine amitié était-elle née entre vous. Le monde sophistiqué de Lady Ruth ne l'intéressait pas. Il aimait les relations un peu insolites : Michael Rolcomb, Chankara et vous, monsieur Wells. Une série de personnages marginaux, hors des normes. Pourquoi avez-vous tué Sir Charles?

Le vendeur d'opium se leva, verdâtre.

– Mais... Je ne l'ai pas tué! Je vous le jure!

Higgins marchait lentement, de long en large.

– Sur ce point essentiel, je vous crois également, monsieur Wells. Etes-vous souvent allé aux appartements « Fields »?

– Oui, tous les jours depuis quelques mois... Il me lisait des pièces et je lui donnais mon avis. Exactement comme vous l'avez dit.

– Il vous donnait suffisamment d'argent pour vous éviter de... travailler, n'est-ce pas? Et il espérait vous voir évoluer dans le bon sens. Pour vous aussi, sa mort est un drame. La roue ne tourne plus.

– A cause de lui! clama Gary Wells, désignant Antony Cormack.

Scott Marlow, avec davantage de ménagement, fit rasseoir Gary Wells. A l'exception du trafic de drogue, il n'y avait aucune charge à retenir contre lui.

Le champion de golf gratta le grain de beauté ornant sa joue gauche.

– Ces accusations me fatiguent, messieurs, déclara-t-il, irrité.

Higgins, le dominant du haut de la scène, vint se placer en face d'Antony Cormack.

– Vous êtes un homme plutôt violent, monsieur Cormack, même si vous vous effacez parfois devant l'autorité de votre femme.

– Ça me regarde.

– Vous êtes également riche, célèbre mais... américain. Sans l'aide de Lady Ruth, impossible de vous intégrer à la haute société britannique. Elle vous impose une discipline de fer.

– Ça me regarde aussi, se renfrogna le champion.

– Vous craignez Lady Ruth mais vous l'aimez, continua Higgins. Je vous crois jaloux et exclusif. Lady Ruth était divorcée, certes, mais elle ne haïssait pas son ex-mari. Sir Charles possédait une personnalité écrasante. Si écrasante qu'elle vous gênait. Vous désiriez l'humilier pour vous prouver à vous-même que vous ne lui étiez pas inférieur, et gagner ainsi l'estime de votre femme. La presse et la haute société s'étaient moquées de votre mariage. Vous n'avez pas accepté cette défaite-là. Succéder à un grand acteur shakespearien se révélait difficile.

– D'accord, d'accord, reconnut l'Américain, allongeant les jambes. Je lui ai joué un bon tour, avec cet immeuble. Ce n'était pas méchant. Je n'aime pas tellement les acteurs... et celui-là moins que les autres. J'avais mes raisons, non?

– Une machination bien montée, estima Higgins. Il fallait beaucoup de hargne pour la mener à bien. Une hargne qui était proche d'une envie de tuer. Selon le témoignage de Gary Wells, vous avez menacé de mort Sir Charles. Et sans la présence de ce même Wells, ne seriez-vous pas allé jusqu'au bout de ce désir de destruction?

– Ne dites pas n'importe quoi, inspecteur... Je ne déteste pas le coup de poing quand il s'impose mais ça ne va pas plus loin. Je n'ai même pas cogné sur ce vieillard. Lui prouver qu'il n'était pas toujours le plus fort m'a largement suffi. Vous auriez vu sa tête! Cette fois, il ne jouait pas la comédie! Je ne connais peut-être pas votre Shakespeare, mais on ne me marche pas sur les pieds, Sir ou pas Sir.

Lady Ruth était effondrée. Elle découvrait avec horreur le monstre qu'elle avait épousé.

Higgins ouvrit à nouveau son carnet noir et lut rapidement les notes qu'il avait prises sur le champion de golf.

– « Un requin », a dit de vous Gary Wells, rappela l'ex-inspecteur-chef. Il n'avait pas tort. Votre proie était Sir Charles Williams. Votre vengeance ne pouvait être complète qu'avec sa disparition. Si vous avez été capable d'organiser cette mascarade de vente d'immeuble, vous avez également pu imaginer un meurtre.

Antony Cormack se tapa sur les cuisses, tout à fait décontracté.

– Anéantir ce vieux cabot? Mais c'était déjà fait! Demandez donc à son petit protégé, ce M. Wells, votre magnifique témoin. Il l'a vue, lui, la tête de Sir Charles... complètement flappie, votre vedette! Je ne voulais pas étaler ça sur la place publique, mais vous m'y obligez. Dans un sens, c'est vrai, j'ai eu la peau de votre Sir Williams. Un bon coup au moral, c'est parfois plus efficace qu'un uppercut. Il a compris qui était le maître.

Scott Marlow réfléchissait à la manière dont il pourrait faire inculper ce méprisable Américain d'escroquerie et de coups et blessures. Mais, en son for intérieur, il était persuadé que Cormack disait la vérité. Sir Charles, qui mettait tant d'espoir dans ce futur théâtre dont il serait le metteur en scène, avait sombré dans le désespoir et dans l'alcool.

Higgins ne s'acharna pas sur Antony Cormack. Il n'avait rien d'autre à lui reprocher. Sentant qu'on se désintéressait de son sort, Gary Wells réagit.

– Et moi? Je n'ai rien fait! Qu'est-ce que je vais devenir?

– Vous n'avez plus rien à craindre de M. Cormack, précisa Higgins, puisqu'il n'est plus soupçonné de meurtre. Vous avez assisté à une altercation, rien de plus.

L'ex-inspecteur-chef se tourna vers Lady Ruth. Quelques cheveux fous s'étaient échappés de son chignon. L'aristocrate avait brusquement vieilli de dix ans.

– Désolé d'être obligé de vous tourmenter davantage, déplora Higgins.

Lady Ruth eut un geste dédaigneux de la main.

– Faites, inspecteur. Cela m'est indifférent.

– Vous êtes une femme autoritaire, indiqua Higgins, plutôt arrogante, aimant le luxe et la vie facile. Le théâtre ne vous laisse pas indifférente. Vous vouliez même être comédienne et vous avez reproché à Sir Charles d'avoir brisé une carrière prometteuse. Cette passion pour les planches n'était pas éteinte, semble-t-il. Vous attendiez toujours de votre ex-mari un rôle qui vous aurait permis d'obtenir la gloire.

– Charles me persécutait, inspecteur, comme ce Cormack.

– Inexact, Lady Ruth. Des sources bien informées m'inclinent à penser que vous n'aviez aucun don pour la scène et que Sir Charles, fort lucide, vous a empêchée de vous ridiculiser. Votre théâtre, ce sont les réceptions, les cocktails et les vernissages.

L'aristocrate leva les yeux au ciel.

– Quelle journée atroce! Rien ne me sera donc épargné?

– Lorsqu'un homme meurt dans des circonstances étranges, poursuivit Higgins, la police s'intéresse d'abord à sa femme, voire à sa maîtresse. Dans la plupart des cas, s'il y a eu crime, l'une ou l'autre n'y sont pas étrangères. Vous n'avez pas été très franche avec moi, Lady Ruth. Vous avez omis de me préciser que vous veniez une fois par mois à Shakespeares' Lodge pour chercher un autre exemplaire du testament qu'aurait rédigé Sir Charles en faveur de Dorabella Fenwick et le détruire. Votre ex-mari vous avait parlé de ses intentions et vous aviez essayé en vain de le dissuader.

Lady Ruth garda le silence, évitant le regard de l'ex-inspecteur-chef. Elle demeurait hautaine mais semblait plus fragile. Ses défenses allaient-elles céder?

– Vous n'avez pas été très correcte envers la mémoire de Sir Charles, rappela Higgins. Vous l'avez accusé d'être alcoolique, d'avoir des penchants condamnables, d'être un mauvais mari... Tout cela était faux, Lady Ruth. La calomnie est une faute grave.

– De simples paroles qui ont dépassé ma pensée, inspecteur.

– Ce n'est pas vous qui avez quitté votre mari, Lady Ruth. C'est lui qui vous a chassée. Il ne supportait plus votre caractère impossible.

– Comment osez-vous...

– Vous affirmez ne pas avoir rencontré Gary Wells. Le maintenez-vous?

– Oui, inspecteur.

– Et vous, monsieur Wells, confirmez-vous cette version des faits?

Le vendeur de drogue répondit avec entrain.

– C'est exact, inspecteur.

Encore une piste définitivement coupée. Scott

Marlow était persuadé que Higgins n'arriverait à rien en importunant une personne aussi respectable que Lady Ruth.

– La version de M. Chankara est peut-être la bonne, avança Higgins. Votre hantise était de perdre l'héritage, Lady Ruth. Après avoir détruit un premier testament en faveur de Dorabella Fenwick, n'auriez-vous pas tué votre ex-mari pour vous assurer de son silence définitif? Vous êtes tombée dans un petit piège, en fouillant le secrétaire dos-d'âne où vous n'avez d'ailleurs rien trouvé.

Lady Ruth fut de nouveau agressive.

– C'est indigne! Vous n'aviez pas le droit... Je n'ai pas tué mon mari!

Il y eut un long silence. Higgins s'écarta de l'aristocrate et recommença à déambuler lentement.

– Ce piège était destiné à vous innocenter, Lady Ruth. Vous étiez très attachée à Sir Charles que vous appeliez encore « mon mari » bien que vous ayez choisi de vivre avec un nouvel époux. Vous l'aimiez encore, n'est-ce pas?

Lady Ruth croisa les doigts, comme pour conjurer le sort.

– Si vous aviez assassiné votre mari, vous n'auriez commis ce forfait qu'après avoir été certaine qu'il n'avait pas rédigé d'autre testament. En ce cas, vous n'auriez pas eu besoin de venir inspecter le dos-d'âne. Vous avez regretté votre divorce, Lady Ruth, et vous avez tenté de convaincre Sir Charles de reprendre la vie commune.

– En vain, inspecteur... En vain.

– Dorabella Fenwick avait bien analysé la situation, rappela Higgins.

La remarque piqua Lady Ruth au vif.

– Quelle situation?

– Votre fuite en avant, indiqua Higgins. Rester seule vous était impossible. Votre nouveau mariage n'était qu'un défi.

Le champion de golf pointa l'index vers l'ex-inspecteur-chef.

– Dites donc, vous...

– Tais-toi! ordonna Lady Ruth. Tu n'es qu'un goujat et un malappris!

Maté, Antony Cormack se tourna de côté.

– Un instant, j'ai songé à une complicité entre vous et votre mari, révéla Higgins.

– Antony, mon complice? rugit Lady Ruth. Moi, comploter avec ce rustaud? Nous n'échangeons aucune confidence, inspecteur! Sa machination, il l'a conçue seul. Le testament, c'était mon affaire. Je ne lui en ai jamais parlé.

Scott Marlow nota l'hésitation de Higgins qui consulta longuement ses notes.

L'air maussade, il referma son carnet noir.

– Rien ne prouve que vous ayez mis fin aux jours de Sir Charles, dit Higgins à Lady Ruth. Il ne reste plus qu'une suspecte : Dorabella Fenwick.

CHAPITRE XXIII

Higgins, très lentement, se dirigea vers la jeune comédienne.

Dorabella Fenwick ne lâcha pas la main de son fiancé. Elle observa les policiers de ses yeux verts, emplis d'une inquiétude qu'elle ne tenta pas de dissimuler.

– Suspecte? Pourquoi le serais-je, inspecteur? C'est moi qui suis venue vous parler de la mort bizarre de Sir Charles.

– Précisément, mademoiselle, c'est une technique criminelle bien connue. Comme vous avez dissimulé des faits importants, n'est-il pas normal que je m'interroge sur votre compte?

Scott Marlow devint plus attentif. Il n'avait pas cru que les autres avaient une âme d'assassin. Gary Wells aurait pu commettre un acte irréfléchi, mais rien ne le prouvait. Cette jeune femme blonde, en revanche... trop jolie pour être honnête.

– N'importunez pas Dorabella, exigea John Baker. Elle a eu le tort d'être sincère avec vous. Elle n'a rien à se reprocher.

Le jeune premier ne plaisantait pas. Il semblait

prêt, en effet, à défendre sa fiancée contre tout agresseur, appartînt-il à Scotland Yard. Cette détermination ne troubla pas Higgins.

– Dans le modeste appartement que Sir Charles occupait à Londres, rappela Higgins, il y avait des indices très concrets prouvant qu'il comptait recevoir une femme. Chankara m'a notamment appris que Sir Charles n'acceptait la présence de crème fraîche sur sa table qu'à la condition d'avoir une invitée pour le dessert. On aurait pu songer à Lady Ruth, sans le déshabillé rose qui a été malencontreusement égaré par les services de police. Vous aimez beaucoup la couleur rose, mademoiselle.

– Quelqu'un l'a déposé dans cette chambre pour la faire accuser! protesta John Baker. C'est évident.

– Hypothèse envisageable, admit Higgins. Autre détail gênant : vous m'avez aidé à retrouver la piste de Gary Wells, mademoiselle Fenwick, comme si vous ne connaissiez pas son nom.

– Je le confirme, inspecteur.

– Comment expliquez-vous qu'il vous ait envoyé un paquet dont voici l'étiquette?

Higgins montra à la jeune femme la pièce à conviction.

– Je... je ne comprends pas, s'affola l'actrice. Je n'ai jamais reçu ce paquet.

L'ex inspecteur chef se tourna vers la salle.

– Voulez-vous approcher de la scène, monsieur Wells?

Scott Marlow accompagna le vendeur d'opium.

– Reconnaissez-vous votre écriture, monsieur Wells?

Ce dernier fut étonné.

– Oui, on dirait bien... mais je n'ai jamais envoyé de paquet à cette demoiselle! Je vous confirme que je ne la connaissais pas. C'est une machination pour me charger davantage. Et si c'était le domestique hindou qui avait imité mon écriture? Ou Lady Ruth?

– Ne m'adressez pas la parole, insolent! ordonna cette dernière, tandis que Chankara demeurait coi.

Scott Marlow fit rasseoir Wells et revint près de la scène.

– Il est inutile de chercher des complications, estima-t-il. Le déshabillé rose appartenait certainement à Mlle Fenwick, qui était la maîtresse de Sir Charles. Elle connaissait Wells. A eux deux, ils avaient projeté de voler ou de faire chanter Sir Charles.

– C'est révoltant! s'exclama John Baker. Vos accusations n'ont aucun fondement!

– Il y a d'autres bizarreries, continua Higgins, indifférent aux protestations du jeune homme. Pourquoi ne pas m'avoir avoué que vous vous étiez rendue à Shakespeares' Lodge, sinon parce que ce simple fait aurait pu faire croire que vous étiez la maîtresse de Sir Charles?

– Elle ne l'était pas, affirma John Baker.

Dorabella Fenwick lâcha les mains de son fiancé.

– John a raison, confirma-t-elle. Mais je veux tout dire, à présent. C'était bien moi que Sir Charles attendait, dans son appartement. J'y suis allée plusieurs fois pour travailler avec lui. Nous ne voulions rien d'autre que la paix et la tranquillité. La dernière fois... Mon Dieu!

La comédienne s'effondra en larmes. John Baker la prit dans ses bras. Elle se ressaisit.

– La dernière fois, confessa-t-elle, je l'ai vu mort. Etendu par terre. Et tout ce sang... J'ai gardé le silence jusqu'à présent, de peur d'être accusée de meurtre.

– A juste titre, jugea le superintendant. Votre comportement est des plus suspects.

Le superintendant attendait que Higgins portât le coup de grâce.

– Je ne crois pas, déclara l'ex-inspecteur-chef. Le régisseur de Sir Charles m'a indiqué qu'il aimait les actrices, pas les femmes. Il avait trouvé en Mlle Fenwick une élève très douée. Elle-même, qui est très amoureuse de John Baker, va bientôt se marier avec lui. Ce qu'elle éprouvait pour Sir Charles était une admiration sans bornes. L'enregistrement d'une répétition, qu'elle m'a fait entendre, est très éloquent sur la nature de leurs rapports.

Marlow se sentit un peu perdu.

– Si vous innocentez cette jeune personne, Higgins... Qui a tué Sir Charles?

– Personne, superintendant. C'était bien un accident. Sir Charles avait loué un appartement discret pour échapper à son entourage et se livrer à sa seule passion : le théâtre. En secret, il se livrait à des expériences textuelles sur Gary Wells et révélait des secrets de métier à Dorabella Fenwick. Bien entendu, mademoiselle, vous lui aviez juré de garder le silence.

Les yeux verts exprimaient joie et confiance.

– Oui, inspecteur.

– Et vous m'avez confié la mission de comprendre tout cela sans m'aider... pour ne pas trahir votre parole.

– Oui... Tout de même, il y avait aussi la disparition de ce testament!

– Non, mademoiselle. Ce testament, le voici. Sir Charles l'avait lui-même dissimulé avec le plus grand soin. Les réactions de Lady Ruth l'avaient édifié. Il comptait sans doute vous le remettre lui-même lors d'une grande scène. Permettez-moi d'agir à sa place, puisque j'ai eu la bonne fortune de retrouver ce document. Sachez aussi qu'il avait parlé de vous à son notaire en termes très élogieux, ce qui ôtera tout doute sur la légitimité de cet héritage.

Dorabella Fenwick sauta au cou de Higgins et l'embrassa sur les deux joues. Ce dernier n'avait pas eu de réflexes assez prompts pour juguler cette manifestation de gratitude.

Scott Marlow jugea très sévèrement le coup de théâtre que son collègue avait préparé sans le prévenir, même si la mort naturelle de Sir Charles Williams, à présent confirmée, était une excellente nouvelle.

– Je contesterai ce testament, annonça Lady Ruth, furieuse.

Higgins se retourna vers elle.

– Il me restait précisément quelques détails à régler vous concernant, Lady Ruth. Voici d'abord le journal intime de votre ex-mari.

Irritée, l'aristocrate feuilleta nerveusement le cahier rouge.

– Mais... il n'y a aucun texte! Seulement des dessins de costumes de théâtre...

– Ils sont très expressifs, à mon sens. Superintendant, voudriez-vous faire monter M. Rolcomb sur cette scène?

Scandalisé par l'usage que son collègue avait fait du faux journal intime, Scott Marlow aida néanmoins le souffleur, très abattu, à apparaître sur les planches.

– Vous aviez peur de Chankara, monsieur Rolcomb. Il voulait vous tuer, affirmiez-vous. N'auriez-vous pas tenté de prévenir son geste en droguant le gorille et le tigre pour qu'ils l'agressent? Maggie et Rudyard obéissaient au doigt et à l'œil à leur maître. Il ne s'en méfiait pas. Fallait-il être assez lâche pour utiliser des animaux à des fins criminelles...

– Je ne suis pas responsable, inspecteur... j'aurais été incapable, tout à fait incapable...

– Je veux bien l'admettre, monsieur Rolcomb, à condition que vous me disiez la vérité.

– Je ne sais rien, inspecteur, rien...

– Mais si, monsieur Rolcomb, vous avez même été témoin oculaire. Il vous suffisait de monter sur une pile de livres et de pousser votre lucarne, qui est souvent utilisée puisqu'elle ne comporte aucune trace de poussière. De votre perchoir, vous avez une vue excellente sur le perron, les approches de la demeure, la véranda et les cages des animaux. Qui est venu droguer leur nourriture, monsieur Rolcomb?

Le souffleur s'effondra. Il n'avait plus la force de résister à Higgins.

– Lady Ruth, répondit-il.

Tous les regards convergèrent vers l'aristocrate.

– Reconnaissez-vous les faits? demanda Higgins.

– Je ne désirais tuer personne, affirma-t-elle, dédaigneuse, mais simplement exciter un peu ces animaux et démontrer qu'ils étaient dangereux. Le domaine aurait enfin été débarrassé de ces créatures encombrantes.

Perdant son sang-froid, le domestique hindou quitta son fauteuil roulant et tenta d'étrangler

Lady Ruth. Il fallut l'intervention conjuguée de Scott Marlow et d'Antony Cormack pour maîtriser Chankara.

Le rideau, déchiré, tomba sur les planches du théâtre improvisé.

– La comédie est terminée, dit Higgins.

CHAPITRE XXIV

Plusieurs mois s'écoulèrent. Dorabella Fenwick avait hérité de Sir Charles Williams et s'était installée à Shakespeares' Lodge en compagnie de son fiancé, John Baker. La nouvelle maîtresse des lieux avait gardé à son service Chankara, Maggie, Rudyard et même le souffleur qui continuait à surveiller le domaine du haut de son perchoir.

Comment Higgins aurait-il pu expliquer à Scott Marlow qu'il avait besoin de temps, de beaucoup de temps pour identifier avec certitude l'assassin de Sir Charles? L'ex-inspecteur-chef espérait recevoir une lettre. Quand elle lui parvint, il constata avec soulagement qu'il ne s'était pas trompé. Elle était signée Dorabella Fenwick. La comédienne évoquait son mauvais état de santé et conviait Higgins à une réception intime à Shakespeares' Lodge. A présent, il n'avait plus une seconde à perdre pour éviter un second meurtre.

***

Une tempête soufflait sur le domaine de Shakespeares' Lodge. Les arbres gémissaient dans le vent. La pluie tombait avec violence.

Dorabella Fenwick, qui venait de connaître un appréciable succès dans *Le Songe d'une nuit d'été*, avait mis un peu d'ordre dans le bric-à-brac amassé par Sir Charles. Elle reçut Higgins au bord de la piscine. Il remarqua aussitôt sa pâleur.

– Merci d'être venu, inspecteur. Je ne vous ai pas suffisamment félicité pour votre enquête et...

– Vous êtes souffrante, mademoiselle?

– Non, simplement très fatiguée...

– Des malaises?

– C'est beaucoup dire. Je me suis évanouie, hier, mais je...

John Baker apparut à l'entrée de la grande salle du rez-de-chaussée. Il vint saluer Higgins.

– Quelle bonne surprise, inspecteur! Vous passiez dans notre région?

Le jeune premier était vêtu comme un gentleman, avec un rien de négligé.

– Je suis venu sauver Dorabella, déclara Higgins avec gravité.

John Baker sourit.

– Etrange humour, inspecteur. Que pourrait-elle bien risquer?

– D'être assassinée. Très précisément, empoisonnée.

– Par qui donc?

- Par vous, monsieur Baker. Vous avez déjà commis un crime. Ce n'était qu'un premier pas. Il n'aurait aucun sens sans la disparition de Dorabella.

Le regard affolé de la jeune actrice alla de John Baker à Higgins, incapable de se fixer.

– Votre humour est détestable, jugea l'ancien jeune premier dont le visage se ferma. L'affaire Williams est classée depuis longtemps. Ce vieil homme désespéré est mort d'une crise cardiaque après une beuverie.

– C'est la version des faits que vous avez tenté d'imposer, objecta Higgins. D'après son notaire, Sir Charles avait beaucoup de projets. Il avait trop de caractère pour être abattu par une simple déception. Vous êtes comédien, sadique, calculateur et cruel, monsieur Baker, l'un des plus abominables criminels que j'aie démasqués. Pour être sûr de ce que j'avance, il me fallait malheureusement attendre et ne pas éveiller vos soupçons lors de la reconstitution.

Dorabella Fenwick se leva, défaillante.

– Pourquoi êtes-vous encore fiancée, mademoiselle? Vous m'aviez pourtant annoncé votre mariage prochain.

– Nous sommes mariés depuis plus de deux ans, avoua l'actrice. John m'avait demandé le secret. Cette union aurait gêné sa carrière, d'après lui. Et j'étais certaine qu'elle déplairait à Sir Charles.

– Cela ne concernait que nous, affirma John Baker.

– Vous étiez un truqueur ruiné et sans avenir, expliqua Higgins. Pour vous sortir de cette situation, vous avez choisi une victime : Dorabella Fenwick, la protégée de Sir Charles. Quand elle vous a parlé du testament, vous avez compris que vous aviez mille fois raison de lui jouer la comédie de l'amour. Entre vous et la fortune, il n'y avait plus que deux personnes à supprimer : Sir Charles et votre femme. Une fois veuf, vous étiez riche. L'argent : votre unique passion.

– Absurde, dit John Baker en croisant les bras.

– John... implora la jeune femme, John... ce

n'est pas possible... ces pilules que tu me donnes depuis notre installation ici...

– C'est pour le trac, chérie.

– Donnez m'en une, exigea Higgins. Je la ferai analyser.

– Pas question, répondit John Baker. Notre vie privée...

– John! hurla Dorabella.

L'acteur recula, se collant au mur. Il regardait fixement Higgins.

– Vous avez utilisé une occasion exceptionnelle, expliqua l'ex-inspecteur-chef. Sir Charles, dans son appartement londonien, n'était plus protégé par le souffleur et le domestique hindou. Vous vous y êtes introduit, vous l'avez tué et vous avez maquillé le crime en accident. Première erreur : faire croire à une crise cardiaque due à une trop forte absorption de gin. Sir Charles était un grand amateur d'alcools et de vins. Il n'en manque qu'un dans sa cave : le gin. La bouteille de gin à côté du cadavre de Sir Charles ne pouvait avoir été déposée que par l'assassin. Seconde erreur : le déshabillé rose que vous avez mis sur le lit et dont la couleur accusait Dorabella. Vous connaissiez mal Sir Charles. Ce genre de détail ne lui convenait pas. Troisième erreur et geste odieux : glisser dans la poche de mon imperméable l'étiquette prouvant que votre femme connaissait Wells. Vous connaissiez l'écriture du protégé de Sir Charles, car c'est vous qui aviez volé, chez lui, un papier sur lequel il avait recopié des vers de Shakespeare. En chassant Wells du cours de Sir Charles, vous vous étiez dédouané. Vous aviez correctement imité son écriture afin de faire accuser Dorabella que vous avez défendue avec fougue, sachant que tous ces indices étaient insuffisants pour la faire inculper de meurtre.

– C'est... c'est monstrueux, John! s'exclama la jeune femme, au bord des larmes. Mais défends-toi, John!

John Baker glissait latéralement le long du mur, s'éloignant de Higgins.

– Quatrième erreur, continua Higgins : la présence de livres de médecine dans votre bibliothèque, perdus parmi les ouvrages de théâtre. Car je suppose qu'ils vous appartenaient, monsieur Baker?

– C'est exact, précisa Dorabella Fenwick. John les étudiait souvent.

– Pour préparer le poison qu'il comptait vous administrer dès que vous auriez hérité, compléta Higgins. Cinquième erreur, monsieur Baker : vous déguiser en femme à la voilette pour orienter les soupçons vers Lady Ruth et faire découvrir le cadavre. Vous avez fait semblant d'être enrhumé pour déguiser votre voix. Mais votre parfum, de mauvaise qualité, empestait le muguet. Rares sont les femmes distinguées qui commettraient cette faute de goût. Autres bévues : pas de bijoux et les poignets libres pour un corsage... qui était donc trop étroit. Vous ne pouviez pas utiliser les boutons. Vous l'avez probablement attaché à l'intérieur avec des épingles de nourrice, ce qui a fait croire au portier que les poignets étaient libres. Accumulation de petits détails qui m'ont permis de vous soupçonner. Il reste un point obscur : vous avez sans doute essayé de faire parler Sir Charles avant de le tuer, afin de savoir s'il avait bien rédigé un second testament. Il vous l'a avoué, sans dire où il avait caché le document.

– Tu n'as pas tué Sir Charles, John, tu n'as pas

fait une chose pareille! supplia Dorabella Fenwick.

– Donnez-moi les pilules, ordonna Higgins.

John Baker courut vers la porte de la grande salle. Là où l'attendaient le superintendant Scott Marlow et des policiers en uniforme.

***

Un pâle soleil éclairait le domaine de Shakespeares' Lodge qui sentait bon l'herbe mouillée. Higgins et Dorabella Fenwick se promenaient à l'extrémité du parc, non loin de la route.

– Il y a une chose que j'aimerais savoir, inspecteur... m'avez-vous soupçonnée?

– Intuitivement, non. Logiquement, oui. Je devais attendre. Si vous ne m'aviez pas fait signe, si votre santé était demeurée excellente, c'est que vous auriez été complice de John Baker. En découpant cette page de *Hamlet* pour faire peser des soupçons sur l'ensemble de l'entourage de Sir Charles, il croyait s'exclure lui-même du cercle des coupables possibles. Mais sa sixième et dernière erreur, la plus grave de toutes, c'est vous qui l'avez commise.

– De quelle manière?

– En venant demander mon aide, mademoiselle... Vous ne vous doutiez pas que vous alliez ainsi me mettre sur la piste de l'assassin, votre mari. Il aurait fallu être diabolique pour me jouer la comédie à ce moment-là. Mais vos yeux n'ont rien de diabolique.

– Est-ce ainsi que vous menez vos enquêtes criminelles, inspecteur?

– Beucoup plus souvent qu'on ne pourrait le croire, répondit Higgins. Quand j'ai constaté que votre mari laissait traîner vos affaires, j'ai eu le sentiment qu'il ne vous aimait pas.

La jeune femme demeurait triste et sévère.

– Comment ai-je pu aimer, moi, ce monstre? Ma vie est fichue.

– Vous avez échappé de peu à la mort, Dorabella, et vous avez beaucoup joué avec le feu. Mais la vie que vous espérez est devant vous.

– La gloire et la fortune... Ce n'est pas cela que j'espérais. J'ai épousé John très jeune parce que je croyais à l'amour. A présent, je suis certaine que personne ne lèvera plus jamais les yeux sur moi.

Quelques instants plus tard, un jeune homme passa à vélo sur la route. Apercevant la jeune femme, il ralentit ostensiblement et lui adressa son sourire le plus charmeur. Dorabella se sentit obligée de lui répondre. Le cycliste s'arrêta pour engager la conversation. Fils d'un châtelain des environs et passionné de théâtre, il invita la jeune comédienne à dîner.

Quand ils se séparèrent, Dorabella Fenwick se retourna pour s'excuser auprès de Higgins d'avoir été aussi longue. Mais l'ex-inspecteur-chef avait disparu.

Composé par EURONUMÉRIQUE *92120 Montrouge*
et achevé d'imprimer en février 2000
sur les presses de l'Imprimerie Bussière
à Saint-Amand-Montrond (Cher)

— N° d'imprimeur : 327 —
— N° d'éditeur : DSY 11 —
Dépôt légal : février 2000

Imprimé en France